常春藤诗丛

北京大学卷

西渡 臧棣 主编

周瓒 著

周瓒诗选

陕西新华出版传媒集团

太白文艺出版社

图书在版编目（ＣＩＰ）数据

周瓒诗选 / 周瓒著． -- 西安：太白文艺出版社，2019.1

（常春藤诗丛．北京大学卷）

ISBN 978-7-5513-1680-4

Ⅰ．①周… Ⅱ．①周… Ⅲ．①诗集－中国－当代 Ⅳ．① I227

中国版本图书馆 CIP 数据核字（2019）第 024684 号

周 瓒 诗 选

ZHOU ZAN SHIXUAN

作　者	周瓒
责任编辑	蒋成龙 姚亚丽
封面设计	不绿不蓝 杨西霞
版式设计	刘戈
出版发行	陕西新华出版传媒集团
	太 白 文 艺 出 版 社
经　销	新华书店
印　刷	北京彩虹伟业印刷有限公司
开　本	787 毫米 ×1092 毫米　1/32
字　数	83 千
印　张	7.5
版　次	2019 年 1 月第 1 版
印　次	2019 年 1 月第 1 次印刷
书　号	978-7-5513-1680-4
定　价	45.00 元

出版社地址：西安市曲江新区登高路 1388 号（邮编：710061）

营销中心电话：029-87277748　029-87217872

一座校园的创诗纪
——《常春藤诗丛·北京大学卷》序言

　　北大是新诗的母校。1918 年 1 月《新青年》4 卷 1 号发表胡适、沈尹默、刘半农白话诗 9 首，成为新诗的发端。其时，三位作者都是北大教授。从此，北大就与新诗结下了不解之缘。2018 年是新诗百年，北京大学出版社出版了洪子诚先生主编的《阳光打在地上——北大当代诗选 1978—2018》，收诗人 45 家、诗 389 首；四川文艺出版社出版了臧棣、西渡主编的《北大百年新诗》，收北大诗人 107 家、诗 344 首。两本诗选的问世，让更多的读者注意到北大诗歌的深厚底蕴和巨大成就。即使不做深入的研究，单从两本诗选也不难看出北大诗歌在中国新诗史上独特而重要的存在。实际上，从初期白话诗到新月派、现代派、中国新诗派，一直到新时期，北大诗人或引领风气，或砥柱中流，几占新诗坛半壁江山。中国的重要高校都曾为诗坛输送过重要诗人，某些高校在某一阶段连续为诗坛输送重要诗人的情况也非孤例，但在长达百年的历史中一直不间断地为诗坛输送重量级的诗人，把自己的名字和新诗历史牢固地焊接在一起的情况，除了北大，还难以找到第二所。

北大的特征向来总是和青春、锐气、自由精神联系在一起。鲁迅曾谓"北大是常为新的，改进的运动的先锋"。然而，北大是"发于前清"的，它的那个前身其实是充满暮气和官气的。从京师大学堂到北大是一次脱胎换骨。这一次的换骨，蔡校长自然厥功甚伟，但在我看来，胡适诸教授创立新诗也功不可没。《北大百年新诗》，我开始是提议叫"创诗纪"的。这个名字也只有这所学校的"诗选"用得。从那以后，胡先生"创诗"的那种勇气、担当和"为新"的精神，在出于那所校园的人们中是常常可见的，也是弥漫在那个看似古老的校园中的一种空气。因为是空气，所以常常会浸润师生的身心，而影响他们的一生。

新时期以来，北大诗歌在队伍和成就上毫不输于此前的任何时期。这个时期北大诗人不仅人数远超前期，在诗歌的题材、内容、意识、技艺上也有重大变化，使新诗得到一次再造。也可以说，新诗在这所校园再次经历了一个"创诗"的过程。骆一禾、海子、西川是这一时期最早得到外界承认的北大诗人。3位诗人的创作有力地改变了新诗70年来的固有面貌，特别是骆一禾、海子的长诗写作所体现的才华、抱负、热情，均为此前所未有，他们富于音乐性的抒情方式增进了人们对现代汉语歌唱性的认识。比骆一禾、海子、西川稍晚开始写作，但同样在20世纪80年代初就写出成名之作的是臧棣。臧棣对诗歌之专注、思考之深入、创作之丰富，在当代诗坛罕有其匹。臧棣擅于以小见大，他以大诗人的才能专注于写短诗，使短诗拥有长诗的气象。戈麦是另一位才华特具的诗人，他以一种分析、浓缩、激情内蕴的抒情方式改变了当代抒情诗的面貌，成为20世纪80年代末90年代初特殊转型时期的代表诗人。这一时期，北大还涌现了清平、麦芒、哑石、西渡、雷格、杨铁军、冷霜、胡续冬、周伟驰、周瓒、雷武铃、席亚兵、王敖、马雁、姜涛、余旸、王璞、徐钺、王东东、范雪、李琬等上百位活跃诗坛的新诗作者，北大诗歌真正进入一个百花齐放的时代。从这些诗人变革新诗的努力中，不难看到胡适教授的精神隐现其中。正是因为有这种精神，新诗并未如一些不怀好意的预言家所预言的"五十年后灰飞烟灭"了，而是在变革中不断生长着，壮大着。这个时期，新诗成了北大校园最醒目的风景，诗人气质也成了北大学子身上突出的标志之一。新诗和北大的关系变得更为紧密。

无须赘述，这个时期的北大诗人与校园外的当代诗歌始终有密切的联系和互动，是整个当代诗歌不可分割的组成部分。同时，北大诗人又没有盲目跟随外界的潮流，体现了一种宝贵的独立品质。这种独立品质最重要的一个体现就是其严肃性。对于北大诗人来讲，诗从来不是一种功利的、沽名钓誉的工具。这种严肃性也使得北大诗人内部同样保持了个性和诗艺的独立。北大尽管诗人辈出，队伍庞大，却未利用这一优势拉山头、搞团伙，以在利益分配上获取额外好处。北大诗人再多，却并没有北大派。实际上，北大诗人一直是诗坛的一股清流，是维护诗坛健康、推动诗歌健康发展的耿介而朴直的一股力量。而这一品质的源头仍可以追溯到胡适初创新诗之时为新诗所确立的崇高文化使命。

本诗丛选入 20 世纪 80 年代以来 8 位北大诗人的诗选，他们是：骆一禾、海子、清平、臧棣、戈麦、西渡、周瓒、周伟驰。为了展示每个诗人的整体成就，我们特邀请诗人精选自己各个时期的代表作品，将诗人几十年创作的精华浓缩于一册。这样的编选方法，也是为了方便读者在有限的篇幅内欣赏到更多优秀的诗作。骆一禾、海子、戈麦 3 位诗人英年早逝，我们特邀请诗人陈东东担任《骆一禾诗选》的编者，西渡担任《海子诗选》《戈麦诗选》的编者。陈东东是骆一禾的生前好友，也是成就卓著的诗人、诗歌批评家，可谓编选《骆一禾诗选》的不二人选。西渡熟悉海子、戈麦的创作情况，也是编选《海子诗选》《戈麦诗选》的合适人选。

　　需要特别说明的是，新时期以来北大诗人众多，八人之选实在无法容纳。现在的这个名单虽然是几经权衡确定的，但并不代表其他的诗人在才华和成就上就有所逊色。实际上，一些诗人由于已有类似本诗丛编选体例的选本问世，故此次不再重复收录。另外，我们也希望日后可以为其他北大诗人提供出版机会，进一步展示新时期北大诗人、北大诗歌的实绩。

编者

2018 年 10 月

自序

　　这本诗选共分三辑，除第二辑是从已出版的诗集《松开》《哪吒的另一重生活》里选出的之外，第一、第三辑中的诗作均为首次结集公开出版。其中，第一辑中的大部分本已编为另一本新作集，后因出版未果而保留，编入本书时又加了几首近作。第三辑未收入以上二种诗集的原因，概出于我的粗心疏漏，部分写成后散发在诗歌刊物上，或被我遗忘在旧电脑硬盘某个命名含混的文件夹里，这次选诗时我颇花了些功夫搜找。再读时，说不上有失而复得的庆幸，只有些重逢的喜悦。

　　若从写作时间上看，第一辑的作品写于 2014 年至 2018 年间，第二辑写于 1997 年至 2017 年，第三辑时跨 1999 年至 2013 年。三个部分看起来时间交叠，但也有清晰的脉络，呈现的或是二十年间诗歌写作的总貌、阶段性及新近的变化。

　　如果让我归纳一下自己的诗歌写作，我想说，在这二十年里，我渐渐地清楚了自己的语言质地和声音特点，明确了在感受、关注和思考时自己犹豫和坚定的方面，而有关诗艺的习练，我似乎也有我的方式。至于这些诗具体处理了怎样的经验内容，言语特质又如何，好像不便由我来过多谈论，一切只应交由读者判断。故此，我感谢所有读诗、爱诗的人。

周瓒

2018 年 6 月　北京

目录

辑二

在拼图游戏中

3

辑三

刚刚诞生的一个词

辑一

生猛的暗夜随时迫降

北川的月亮

仿佛生猛的暗夜随时迫降

阴天，群山肃穆，车流稀疏

国道宛如缓滞的冰河

导航规定了车速，那节奏

似也贴合了凭吊的心境

我们还能分心讨论蜀道难

想当年，车轮下的平坦

很可能是山腰的凹凸

瞧这隧道，纵然不长，也曾堪比

天堑！路边的羌寨，有祖先

名为孟获，他多么骁勇

仍然逃不出丞相谋略的掌心

我们相互传送旅游信息

仿佛头脑里内置了导游手册

和历史演义，事后略查

才知道七擒七纵的事发地

离这里还有几千里！在虚构中

虚构着，只为规避目的地

那让我们的内心无法熨帖的一幕

纵使网络上有过图片，诗篇中

一摞摞暧昧的抒情，也难跟现实对号

一座被震垮的县城，唯一的遗址

当我们深入参观的人群

惊愕地发现，没有影子，正是我们

从地底挣扎而出，打量

自身的尘土与血污，十年了，不及

逃出的一声声呼喊正追扑过来

我们几乎被钉在了原地

如同那些没有被抹平的树木与建筑

被展示了三千多个日夜

我们一直在此，在朽腐中

忍受着被忘却的纪念，想象你

正从我们体内升起，用明澈

罩住周遭倾斜的喧哗，你不断

抵近，一盏沉默的探照灯

继续在这没有松荫的赤裸里搜寻

你又如飞碟般在天边斜飞

带来外太空的抚慰，更科学也更虚幻

但当你迫近，你仍是古中国的模样

盲目中，你圆圆的屏幕上

吴刚仍然在锯树，嫦娥把懊悔

熬成汤，布施给幸存者

而那只捣药的兔子并不叫彼得

他滑下月光的梯子，窜进路边的草丛

要在这里繁衍他无敌的家族

2018 年 5 月 17 日

记 5 月 5 日北川之行

父亲的手艺

一

他深蹲在倒支着的自行车旁边
如同面对一只虚拟放大的标本蝴蝶
摇动脚踏板,检查链条的松紧
齿轮与链条配合密切的嘀嘀声
以及轮轴急促的一顿,告诉他
起飞需要孕育何等精巧的力
他常常叼一根香烟,拧动螺丝
烟雾使双眼眯成两道明亮的细缝
他给紧涩的链条上油
油滴洒到地上,形成一幅
即兴随意的波洛克式抽象画
淹死过几头蚂蚁,吸引过
三两只苍蝇……"由他去吧"

是他的口头禅之一

他用扳手卸下一只轮子
扒开铅灰色的外胎，粉色棍子般的
内胎软软地垂出来，像是一根
没有熏晒过的新鲜香肠
但几乎是瘪的，他给它充气，将它
拉进一口装满清水的瓷盆
一段段浸泡，慢慢转动
那劲头堪比实验室里的科学家
或像化学课上老师玩了个新魔术
漏气点很快就被找出来了
——那里遇水时便冒起泡泡

我压抑着惊奇而快乐的疑惑
看父亲面露悦色，从工具木箱里
找出称手的锉子，一截木头上
贴着一张布满孔点的铁皮
他用锉子沿着漏气点四周
轻轻地打磨，被锉动的部分迅速

泛白，形成一面相当规整的圆或椭圆
——在这些细节上他最显手段

拉开胶水罐上的软盖，他将食指
伸进罐中，蘸出适量，抹在圆或椭圆处
然后晾一会儿。我焦急地等着
胶水变干，生怕晾的时间过久
胶水会失去黏性……但父亲不慌不忙
直起身来回走动，收拾散落的工具
和零件，深吸一口后熄灭嘴中的烟
检查其他部分，拧拧螺丝，擦擦灰尘
试试滑轮的灵活度……轮子中心的
构造相当复杂，轮窝内需要一圈钢珠
紧密适中地运行。我看得出
父亲有时会失去耐心，在这些珠子面前

型号不同的钢珠想跟他捉迷藏
卸开轮轴的一瞬间，它们就蹦出来
有几个溜到他看不到或耐心够不着的砖缝
与草丛里去了……"帮我寻寻呗"

听起来既像恳求又像命令

妹妹找了一圈马上放弃

而我掩饰着自己痴迷于寻觅的激动

或终于找到它们的更加激动

我什么奖赏都不要，连同父亲的赞许

我寻觅，我等待，我观察

我父亲的手艺即将延续到我身上

为此，我爱上这倒支的自行车

那在空无中加速起舞的双翼

二

他搬一张板凳坐下，双膝之间安稳着车轮

内胎补好了，轮窝里上过油，钢珠子

颗颗整齐安顿在应有的位置，不多不少

现在，他开始"平盘"（要让轮子像只盘子那样平）

这是花工夫的细活儿，他坐了下来

轮胎要充好气，轮轴两侧的螺丝

要松紧得当。他深吸一口气

用一只圆碟形扳手拧紧钢丝

轻摇轮子，以确保每根钢条均匀受力

猛地，他转动车轮，眯起一只眼睛，侧起头

观察轮子是否有轻微的摆荡，父亲的神态

此刻最专注，敷衍着客人的招呼

他手下的圆圈仿佛成了他的风火轮

他正潜心练习着武功！

单手一握，轮子倏忽定住，他用拇指

与食指捏动交叉的钢条，松动的发出吱吱响

他反复捏，反复听，然后紧拧

就这样凝神检查了一圈又一圈，直到

轮子的摆幅几乎消失。整个过程

是在钢条与轮轴之间寻找平衡

定义平衡，而平衡总是

也只能是在之间存在。深呼一口气

父亲站起身来，仿佛宣布领悟

2014 年—2018 年

内蒙古之旅

一路向北，有国道宽敞，语音导航

看标牌上：数字、文字、符号、颜色

表明我们已安心接受这象征世界的秩序

与车座绑在一起，并不妨碍我们

控制这铁马一路嘶吼的节奏

而地面的受损度，道边成熟中的农作物

视野里变幻的山形与石质，时晴时雨

天空且蓝且灰，全都在打着岔！

温柔的假嗓提醒你减速，弯道拐向休息区

稍事整顿，我们再次钻进车内

要安居于这间便携、浅显的洞穴

沉溺于速度，现实简直虚拟

看啊，我们被反复规训的身体

不断锻炼的敏感性和心灵的分寸

让我们一试飞动的快感，尽在克制之中！

我热爱北方的壮美，扎入她
坦率的胸怀，从南方的黏腻中挣脱
我曾梦想过你垂直的漫游
太阳终日步履洒脱，我愿挥汗成海
追逐云影，投入你眼中的明净……

此刻的行程里，我们耐心讨论
友谊，亲情和脚步的关联性，我们是游子
就连陌生的语音也同意，出了京界
我们找不到经常收听的无线频道，仿佛它
才是我们的向导，歌声才是携带的故乡
若一代人的灵魂从未走失，天真的愿望
被平衡重新解读：那里有一条暗道
延展通向想象的星球，一整个文明等待着
你俯身蓄势，稳住驱驰的动力

我们曾被迫交出体内的风景，当它们
变成公共财产，我们再花钱购买它
人已沦为这个星球的寄居物
哦，故乡总在别处！

感谢成吉思汗伟大的迁移

他曾开疆辟土，希冀绿色的波浪接通

蓝色的汹涌，终于在我们的时代

用高速路，电波，互联网和幻象

信息之海统一了地球！颠簸着

丧失着，而我们仍龟缩在铁制的牢笼

带着褪下的残壳，神游古今

指认一路上的交通标识，像寻宝者

痴迷于一张羊皮地图，管它由谁随手画下

2018 年 5 月 10 日

戏剧诗：与科幻有关

一 万象

触角摆动，一首诗蜗牛般徒劳

仿佛河伯来到了入海口，浩渺令它无言

而画师惯用留白蒸腾出苍茫

跟随他的脚步，而不是镜头

俯仰所见，只在诗人笔下

在词语星星般迸发的想象之中

深沉的黑夜启动你，宇宙机器的微型版

生命反抗着生活，记忆复写

灵魂的基因，而完整性

串联起有无，以及对有无的沉思

二　源头

村社仪式，祭司身穿兽皮，拜神的
道白与歌舞留存于梦境深层
观看和倾听，这记忆的养分
繁茂种族的根系，糅杂着疑惑和想象
背叛者潜伏，剧作家称为"对行动的模仿
而不是行动本身"。不，你不是祭司
也非拜神者，你，一名程序员
创造了一个世界，循着记忆，并加入其中
它隐藏边界但不拒绝寻找和冒险
只要能够拒绝真相的残酷。你，一位演员
也是一名导演，你梦到你就是源头
在游戏虚拟的身份与经历中不断返回

三　从未来

膜拜过先知后
他们选择捍卫他们的信念

成为教条的代理人

他们穿越时空，从未来

返回蒙昧的现在

用枪声呐喊，鲜血挥洒

一幅理想的涂鸦，叫你们看

未来何其孤立——

自由解不开镣铐，民主蒙面

——从未来回望

天注定，天地空荡荡

大风刮过去，沙尘弥漫

这银屏上的一景

四 平行宇宙

给想象以时间创造空间

并在其中开始不同的生活

区别于乌托邦，平行意味着

共时性，需要分裂出多个自我

一颗心脏，而不是大脑

接受了考验：每一份自我

都创造一个世界，末日总有

新生接续，苦痛将由平静抵消

而暴力面对两难，需要克服

而失败渴望得到解释

而不能仅用奇迹，在两个钟头内

平复焦虑，但更多旁观的自我

丢下爆米花桶和饮料杯

在空荡的影厅里，午夜的屏幕上

依然上演着另外的宇宙吗？

五 黄金分割法

意识到生活正被精确地切割

无论从时间、内容还是从愿望出发

你搭乘快车挤在一群陌生人中

带着"我为何在此"的疑惑

你在此是因为你必须在此

作为一名公司职员必须在这个时间

赶往属于你的桌椅，那里有工作

如皮筋抻拉过度，让你无法松弛

夜部分地属于你和你那总是与你保持距离的猫

在睡眠中你不得不把自己交给无法预料的梦

至于其他，已在实验里获得了位置

新闻：战争、食品安全、环境污染请交给专家们

娱乐：政治丑闻、偶像制造自有经纪公司打理

你的生活不断被重新定义，但又一如既往

黄金分割法之下，美好不怀好意

正被极少数人粗暴地踢开

2015 年—2018 年

北京城

微尘眼中的宇宙

AI 计算无限与永恒，令哲学倒闭！

衰亡的过程若被放大

地球也被迫感受这废墟的前世今生

建筑丛林里游走着史前巨人

骨骼由霾粒打磨，硬度却堪比大理石

无机造物，二维空间的血肉

使寒冷回归原初的奥义

思想若大于三维，三观崩塌

思想若大于四维，四顾茫然

水与空气败坏了泥土和天空

塑造男人和女人的神屏蔽日夜春秋

若能更换过滤的肺，若呼吸自带排毒装置

我们会是我们的新生儿，是城的永恒！

2017 年 1 月 6 日—2018 年 5 月 4 日

屠霾记

空气可疑，隐着一匹巨型猛兽
它能变形、碎裂成无数个自己，细小到
肉眼不可见，无孔不入，这是款新武器
由人类制造，凡能呼吸者皆免费奉赠
它支持任何形式的人类战争
顺带殃及动植物与水源

一切战争都成了一个人的战争
嗨，你准备好了吗？

请用鼻腔里的黏液筑好大坝
再以喷嚏炮击，那无处不在的目标
请留意你呼吸的节奏，守住
你的横膈膜，那是最后的屏障
不能让入侵者在你的肺翼间驻留

为此你要小心地吸，放肆地呼

提高警戒，尤其当你穿行于敌阵

那些变形虫、寄生兽、异形与僵尸

人类想象出来的每一种怪物

都与霾有关，是它的变种

喂，拯救人类的英雄或英雌在哪里？

你设想，诗人们可以屠霾

词语难道不正是他们的武器？这科学吗？

是用词语织成口罩？

压缩词语，变成一粒粒子弹、药丸

或将诗句用力挤进胸腔

让它们进行一场身体内的游行、暴动？

血管中，胃里冲浪，沿着胫骨攀岩

叫词语重组 DNA[①]，新人或改造人诞生？

现在，我们都是 inhumans[②]，是霾人或人霾

霾与我们共生，我们与霾共舞

———————————

① 脱氧核糖核酸。

② 异人族。

但空气依然可疑，拆分成空和气

空被霾填充，气还在人体循环

身份不明，接受审查的气

因为词语可再生，克隆，搜索，定位

亦可拆迁，现在，驱赶霾人或人霾

词语织网拦住城郊的通道

词语挥舞寒风的刀片

词语以洪亮的嗓音劝诫和威胁

词语对委身于她的诗人说

请用我祈祷，或用我沉默，请抛弃我

请钻我取火，取新鲜的、古老的火

2016 年 11 月 3 日—2018 年 1 月

张三先生的喜剧

一 在聚会中

时间的脚底板扎了根刺

奔跑中需忍着痛加速

这头温顺的兽也懂得发飙

在餐桌上，或只要有个听众

他们就扮演学院的祥林嫂

有话说和高嗓门逼着他们像吵架

但他们不是，不自知地表演

隐形舞台上，有魔鬼吹着笛子

仿佛随时可以拉开的活布景

要在各种聚会上掏出

他们吵嚷着争先恐后，循着笛音

你相信你的诗歌，它命令

你旁观。为什么到了

这可哀的地步

（深渊有一个火锅的底部）

要与这些可悲的灵魂，打交道？

你退回到内心安静的角落

你粉刷虚无的雕像，拥抱沮丧

决裂的决心堪比雾霾的险恶

人生过半，他们徒留这脆弱的空壳

声音尖利衬托着内心毫无谦卑

他们真的认为自己高高在上

已然行业精英，专家学者？

你决定褪去这纸叠华服

跳上桌子起舞，或深呼吸

让内心存储沉重的诗，缓慢的爱

二 疑心

神经绷得过紧一定使身体加倍疲累

那些神经（肉眼不可见）正被一只无形的手

操控着，花样繁多，指东打西，忙不迭地

应付各种指令：雾霾，思想自由

剧场里必然的出格行动，大街上可能的聚众闹事

密谋在灶头上嗞嗞作响，腿根内侧隐隐作痛

一定是走路太多，或者它已被疾病占据

花花肠子们纠缠的学术讨论会

古怪小丑插科打诨，各个聚会上踩点

秘密警察凌晨的行动非常成功

接下来就看你们的了，瘦身中的法官们

必须熬夜工作，以显示你们的忠诚

必须模仿那部肥皂剧，闪回，切换着各种表情

必须写长长的检举信，言词要直接有力

一针见血，或者刀刀见血

即使大放血，也不失效果，毕竟那是传统

告密者捻着看不见的八字胡

在虚幻的镜中闪过满脸苍白的

抑郁症患者，一位诗人正在不停地给自己加衣服

——直到他对外界没有了感觉

而那只隐形的手，正从他的脑袋里伸出

一把手术钳，果断地夹断最粗的那根绳线

三 消费日

是他们把生活活生生变成了戏剧，道路化为泥淖
一夜间，脆弱如蛋壳的星球上，太阳升起如常
但他们害怕被晒化，被烤裂，被烫死
他们的庇护所建在冰面，他们的梦封存在水下
是他们发号施令，像信天翁依赖大风天
滑翔在短暂的航程里，这航程是他们的限度

他们规划没有梦境的花园，没有音乐的天堂
童话里死气沉沉的广场奔跑着盲目的儿童
溃散的集体主义沙堡，异化的社会沙坑
他们一面规定，一面取消，将日子推倒又竖起
他们都是平行宇宙迷，渴望时光机逆转未来

但他们封不住我们的记忆
即便以消费日取代，我们仍能够品尝苦涩
品尝苦涩，正是我们新的自我赋权

2011 年—2018 年

观《十字街头》兼致思安、君兰及赵静

为了赶在放映前填饱爱耍脾气的肚子

我们速食鱼排和乌冬面

感冒未愈的我自然味觉全无

走进放映厅时肚内如孕育着一堆石头

没感觉也是一种感觉

难道这不是一时代的通病？

昏暗中，跟后排迟到的朋友颔首招呼

银幕上，表情丰富的旧时代脸孔平添优雅

他们失业、挨饿，在都市里苦苦挣扎

而距离帮我们确认着彼此的相似

报纸上关心的女工故事

男女主人公不知情中的相互恶搞

以及他们发展出的过分扭捏的爱情

"太文艺了"，你说

当赵丹甩动围巾，绝望的男二号说着哀怨的台词

当救美英雄滑稽的打斗引观众们发笑

当最后昂扬的场面，四位年轻人互挽着胳膊

大步跨越马路上围着的绳栏

把背影交给我们，这节奏来得也太快啦

我们既不怀黑白的旧，也难抓住那励志的重点

就像压在我腹部的几块石头

正等着共谋的黑夜去消化

当我们坐在甜食店里回味它

我们谈到奇怪的股市升温，谁

才是有钱买理财产品的一群

为什么我们需要一个特别的空间，比如帐篷

我们朋友的生活，以及我们的愧疚

2015 年 4 月 17 日—2017 年 11 月 9 日

去年秋天

纷纷卸下树的羽毛，紧贴着沙石地面，梦着起飞
这是一个抑郁症患者眼中，风景的碎片
一夜之间，寒冷占据她的房间
严冬的先头军踩着风的滑板
在窗缝和门口挤来冲去，血等于尘
——谁说心可以收缩、聚拢并重新整顿为一个点
再多的负面自评又有何用？再多的反省？
死亡的消息在朋友圈传播，陌生的死
也是你我的死，死去之后再死，就有了新生
用占满书页的词语悼念你我，之前片刻的死亡
欢送它们，怀着庆幸与感激吧，的确
她感受过宇宙中流布的涣散能量
曾经拖曳着，脚跟不再轻盈地逃离重力
只剩下起飞的势能，刻画着她人间的身姿
使她看起来相当可笑，使她能够看见自己

那片刻之前的曾经，是的，时间里塞满了死亡
这口袋已抻开到最大限度。我们向时间讨要空隙
我们都是灵魂的乞丐，我们迈向大海的脚底间
流动着精卫的音符——对不可能的渴求

2017 年 11 月 8 日

舞者安·萨克斯顿

安·萨克斯顿是一名舞者

她抽烟，饮酒，随着音乐摇摆

从她的指尖溜出的词语

在空气中，也随着音乐摇摆

列队，组合，凑成一行行

神经质的否定句。安·萨克斯顿坐下

她的打字机很听话，长袖衬衫

衬托她翅膀的美丽弧形

她的打字机伸着懒腰起床了

为她工作。她的诗集很厚

像是她的舞蹈咒语，祈福避祸

为此她愿意出发，前往精神病院

但她走到一半，开始跳舞

因为安·萨克斯顿是一名舞者

她舞蹈，故她存在

她熬夜，熬出心中最黑的影子

她裁剪早晨的彩云

拼接出一幅向日葵，或一株二月兰

以及一根驱魔的拐杖

她骑上拐杖，安顿好黑尾猫

她们腾空而起，给死神当邮差

2017 年 9 月 17 日

御风少年

御风的少年，你将熟悉

风的魔性，用你的秘密封印

为此你练习吹口哨

编织光线，书页混合树叶

用文字拼接，给风的

脖颈打一个水手结

你驾驶着风从海上驰过

大海瞥见你的恐惧

你把自己绑缚在飓风的腋下

你好似乌云的翅膀，波浪模拟

你的形状，多变的影子

在你的头顶张开，你创造了

四季，你便是风的司机

为此你要学会忍耐

那怪兽并非人造，而你

必须给童话发明一个宇宙

人们传说你曾让狂风吞噬过自己

你从微风的肚腹中再生

你是风之子，御风者家族的一员

当你甩动光的绳扣

你套住过一匹匹年轻的风

你会选择居住在旋风的中心吗

那里，有一块安静的石头

正缓慢地发芽，那是我

2017 年 8 月 20 日

如果真的，在我们之间

没有隔着一堵故事墙

不需要借助叙事

结构我们的感知向度

也无妨倾吐带来无逻辑和执拗

——从文学起源学的角度看

毕竟，诗歌先于小说……

我们努力扒梳着思绪

想寻觅错误的蛛丝马迹

好重构与推翻，像拆掉旧毛衣

重织一件，算不上新，但有新感觉

如同谎言被拆解后重又组装

但只是临时能派上用场

那飞舞在回忆场景里的一阵细虫

是你最畏惧的，避开或冲过去

不愿再碰到它们，永远逃离

但想象一下就足以让你

连同这个时刻的自己都放弃了

可你始终在那里面，始终

那一阵阵细小的虫子聚集着

和你对峙，你毫无胜算

你得把你自己救出，从僵持中

2017 年 8 月 19 日

交 流

那诗歌代替不了的
是你的声音。请不要将诺言
复制成废话，建基于你自己的恐惧
它形成的旋涡足以裹挟一切
连同我们最初真切的感受
你得相信点什么，态度应严肃
就如你年轻时鼓足勇气走进过教堂
当我询问你为什么，我的意思是
在那个徘徊少年的好奇里
藏着最真实的你，不用羞耻
为那信仰的迫切性背后的匮乏感
为那担心迷失方向时的下坠感
为那叛逆和怀疑交战带来的自毁冲动
当我们垂首，收束目光注视自己
我们都是神卑微的仆人

最重要的一点，也许我不便言明

对于我来说，建造内心之神的工作

从没有停止，这就是，如我开头所说的

那诗歌代替不了的……

2017 年 8 月 19 日

我们爱过，但——

那并不是灾难的一部分

夏天刚过。死亡的腥味弥散
滚动新闻也过滤不了
没有风能够掀开这静止
一场小小的死，离奇得像一首诗
突发性地进入你的眼帘
更多的死亡坚硬得如同生薏米
卡在你的齿缝间，生命热爱浪费
大地意欲起飞，而冲入人群的铁马
有着一群狂暴的骑手

我们坐在餐桌前讨论爱
像电影里常见的画面
人们爱过，但那并不是灾难

的一部分，而也许你能够同意

爱，只有从爱中出生

秋天的孩子，一串响亮的果实

2017 年 8 月 18 日

等雨停

出门时已在刮风

我几乎确定会遇雨

那把常备的小自动伞

被我留在了门边的鞋柜上

仿佛为了故意戏弄命运

一路上我设想了各种可能

——落汤鸡，说再见，生老或病死

总会过去，事情总能办好

此刻茂密的雨也会停下

当我在一家复印店的门廊下躲雨

店中无客，老板夫妇正陪孩子玩电脑游戏

我注视着雨帘，雨线，雨的箭镞

在柏油路上砸出一颗颗气泡

列队在积水上随风行军，忽地破灭

就像有人有时候，把希望比喻

为自制的便携式氧气囊，一枚枚水晶球

一些跟雨有关的往事浮现在里面

混杂着孟庭苇俗气的歌词，真的

只是雨点冒充泪水在飞，循着它的法则

不，我们都不是自己命运的魔法师

孩子的游戏闯过了关，那一刻的快乐

映照我此地的悲哀，雨小了

虽然雷霆并未退场，它天然

配发了演员证，而且每一次都奏效

而我，愿意冒雨来去，仿佛我们

本就生在水中，有着明亮的鳞片

坚硬的背鳍，以及能让我们起飞的鳔

2017 年 8 月 18 日

落　雨

立秋之后，有一场雨
跟这城市捉迷藏
起先它躲在郊区的人工湖畔
制造七巧云删除镜头中
一个孩子的剪刀手势
接着，它加速像是踩着电滑板
横过一条冒着蒸汽的八车道大街
对延时的交通红灯视而不见
发动机和车喇叭在它的节拍中嘻哈
电视屏幕上滚动新闻发布辟谣
互联网页比赛删来删去
删除一场雨来过时被打翻的烤串摊
终于它想躲到一位诗人蓬乱的头发里
诗人说：我在出汗吗？我的体内
拼出今年第一朵开花的积雨云

2017 年 8 月 9 日

信 赖

恋人之间的对视和微笑，那深意

如何保留，不怕记忆褪色

去除比较之心，唤回那单纯的一瞬

复制，或按动快捷键

存储在终不可被占据的云盘

调取者必为沉迷者，贡献

给搜索引擎与辞典、百科

那些编程者，试图用数据建立起

新世界的科学信徒，带给我们启示——

轮回存在于考据学与灵魂渐变色之间

重复一万遍之后，你重拾一首诗

2017 年 7 月 6 日

致女诗人

"准备好了吗？"
从来没有那一天，那一刻
总是带着疑惧，猫一样警觉
有所防备，自制面具与隔离服
或无视，"哪怕它刀山火海"
或接受，苦难，你的孪生姐妹
或步入旋涡，怀着探险家的激情
中心：如突然失聪，清空头脑
那迷惑，也似太空漫步
——是的，我准备好了
像死者一样，大笑着播撒种子
尘埃腾起，填满胸中宇宙

2017 年 6 月 23 日

早晨一刻

生命不可能重新来过
但借着回忆的写作可以
如果没有吃透那已经发生的
如同在黑暗中摸索爬行
孩子的经验受到重新衡量
——恐惧！适应后重拾信念
由此诞生的双重性
丰富而有序。她因此挑战过
眼睛的承受力，迎向太阳——
光芒与暗黑的箭镞相互抵消
短暂的晕眩对于身体
是识别与体认。重新开始
就像重复每一天那样容易
那样容易吗？
期待严重的时刻，关键词，以及

比发现更广大的幸福

要追根溯源

要有行动力和一颗等待的心

保持单纯，谦卑以及释然

2015 年 4 月 13 日—2017 年 3 月 17 日

遗珠，或踪迹

书架上，打印出的未刊稿
蒙上灰霾又被擦净，忍耐着等待
文档里半成品的诗作
不时吵吵着，递来词语的眼神
记忆中那些叫人懊悔的瞬间
或许会在梦中击垮你，带着一丝
报复的快意。人生需要修复的
不是伤痕，而是未完成
为此，诗人创造了爱
但是否也附赠了耐心与希望？
我们时时回顾，不让初衷
变成遗失的珠玉，我们为寻找
而留下的脚印，也像一幅寻宝图
如果恰好被某个孩子捡到
也许他或她就踏上冒险之途

去领会爱的真意，不是通过好胜心

而是借助意愿的持续培育！正是你，给了我

这单纯的领悟：愿为那一刻付出今生

2017 年 3 月 8 日

雪 后

湿雪，但不是天空的失血

苍白我们的视野

也不是翻开新的诗页

好让你明白为你写下的这一首

并非翻开爱的新一章

必须小心翼翼地踏过，好像凡是新的

都要求我们的谨慎，胜过紧身衣

束缚或保暖，自由自有深意

雪飘落时，轻盈于风的挥洒自如

但它不自知这舞蹈的美

带着天公的善意：立春已过

迟到的雪刻画着我们记忆中的那一幕

五年前，在三里屯的咖啡馆

我为你做好准备，匆忙构思一本书

就如同此刻的地面，新铺了一层

雪毡，随意，或者刻意，脚印刻上去

就有了时间的重量，大于

或等于命运布施的隐喻

不是一生或一段

而是一瞬，约等于永恒

2017 年 2 月 22 日

中原行

银针一样，高铁列车扎向国家的腹侧
铅灰包住银灰，努力在灰海里探寻
天地囫囵，旅人们扮演一回海底生物
城市如脏器如肿瘤，附着在
铁路的血管。哦，祖国，如母亲的子宫
这算不算一种赞美？你合上笔记本
翻看朋友圈，刷他人的存在
邻座是否与我共享这一个被用坏的比喻？
若能偷天，我要连线哪里？黑谁家？
撕开眼帘前的窗帘、霾帘或天幕
一脚迈进银河，但你真的不能两次踏进
同一个想象。给有腰疾的她扎银针
教她猫伸展体式。鼻翼里清新
大气层也服务于一首诗的蝴蝶效应
你在西安靠站，又折向平顶山

去郏县继续吸霾，咳中年的愤怒
祝愿发昏的太爷们发慈悲心
宾馆里的红窗帘如一面休憩的旗帜

珀斯小札
——赠樊星

一

飞机带我们穿越两个季节

只用了半天，确实，半边天

不过是卫星地图上潇洒的抛物线

两部电影，一顿饭，一本薄书

你就置身此地，武装成一名过客

品味建筑物、橱窗和霓虹灯

空气、植被以及行人着装

只能如此浅显吗？你笑自己

处处生出分别心，却避不开好奇

深陷在车座里，你确认此地的重力

仿佛要你抻开神恩的虚线

你虚心搜寻楼檐上陌生的单词

孤独的赌场坐落在郊外，灯影

闪烁着诱惑，你几乎误认它为目的地

车辆稀疏，周边植物茂盛

只消一个念头，地球就翻了个身

傍晚降落，你的睡眠无端延长，有了深度

二

在柯廷大学①，清早安静

一行人聚在会议室外，推销各自的专业

窗外的绿植和鸥鸟扮演主人

轻踩着步子，身形高大的殖民者

谙熟此地的习俗：族群间的紧张感

在开幕演讲中被释放和缓解

而原住民的问候语像是来自外星球

你想起几分钟前和一位衣冠楚楚的教授

谈论的 Mad Max 系列："你更喜欢哪一部？"

---

① 澳大利亚柯廷大学（Curtin University）位于西澳的珀斯市（Perth），在珀斯市南 280 公里著名的玛格丽特河（Margaret River）区域设有分校区。2015 年 8 月 13 日至 15 日，中澳写作中心在柯廷大学成立，并在玛格丽特河谷校区举行了第一回中澳作家对话。

褪下风格强烈的外套，看各种元素调度

历史与科幻巧妙相逢并嫁接

在地球的另一半，地理只是隐喻

聚合观念，碰撞思想，如宇宙大爆炸

一瞬间，你有理由相信一切皆变

而万变又不离其宗，像翅膀滑动时

带出风声。多么明媚的阳光

空气中洁净的运行，地方性，对比度

以及共情感，全球化使话题统一

沉默约等于默契，而诗歌

正徒劳地出演古老的角色，披一件花格罩衫

穿行于茶歇的人群，朝你挤眉弄眼

三

当天，一行人奔赴玛格丽特河

沿途，我们的译者尽心尽职

她要把风景译成可降解的汉语

农庄与农村的景观学，杂草是培植的在地性

一些路牌因原住民族绵长的发音
而具备了入选吉尼斯纪录的资格
茂盛的草野，点缀着刺目的白色死树
在急速的车窗外为好奇心布展
有了差异才会有记忆，勾起希望
但就连袋鼠也不给面子，勾兑联想
看到与看不到转译成了幸不幸运
但你寻思，适当的距离陡增神秘
重点并不是取得另一语言中的解释
通俗化也不一定对称于通俗
你想把它们再翻译回去，用本地的嗓音
你只信任那不得不被写下的
你只寻找曾经熟悉的和被梦想更改过的
你只期待词语与词语的对接
目光和目光相互打磨，淬炼共鸣的钻石

四

以产酒闻名，玛格丽特河区域

地处澳洲西南，三面临海

印度洋就在近侧，当你眺望这片汪洋

想象它远接大西洋和太平洋

这星球的主色与头顶的苍穹辉映

运行的水，运转的星

也运送词语、声带和文学

此刻，原住民语、英语和汉语

回归最初的节奏，成了"哼唷派"

当故事被打回原形（型），诗却能

摇身一变，或多变，书写的人、歌者

以及好逞口舌之能的批评家

在规定好的议题序列下亮出货品

如同跳蚤市场上的行家里手

但"功夫在诗外"，也在室外、事外、市外

和世外，没错儿！不如端起酒杯

暂忘情于这座巨大的花园，至夜深

便可在南半球望星空，颠倒镜像

寻找银河与北斗的位置

趁着酒兴，迷走玛格丽特河谷

因而悟到宇宙内部的相对性

相比于迷宫，再没有比星空更贴切的
智力训练。心与心本不存在距离
正如万物归顺于同一种引力
哪怕只是不同片刻的敬畏
也将我们聚集于共同的缄默
星空何其广袤，而它们如何发光
并递给我们许诺，成就了无限的等式
草木循环，灵魂向着永恒抻开触角
足音回响着，在夜的大地上，生命共振

2016 年 9 月

一程，或维吉尔致但丁

显然，我们不处在同一个频道

就好像一只紧张的手，不断按压遥控器

来来回回，试图把我们并置

在眼前的问题中：同路，或是拼车

为了使你数日劳顿的疲乏

不致影响驾驶，我搜刮话题

如翻查辞典，寻找合适的词儿

写一句诗，并持续，再持续

只有光影变化的夜路，仿佛耐心

输给了同情心。催促你回忆

我焦急于归家，却不便请你加速

安全感的建立只能依赖个人或各人

曾经你是个不自觉的快车手

只在乎与你的车聚精会神

你偏爱某条路，也因此绕了不少弯路

放下同伴，你也没有更平静

在你规划好的这一天

我们接近尾声，但不是你的剧终

你的故事熏香一般，缭绕在我的梦里

透过过敏的鼻腔和眯起的双眼

我相信，你的车正载着你的慢条斯理

缓缓驶出由你编织的团结的花园

2016 年 3 月 28 日

讲故事的人

一张长条凳上坐下

抽几口水烟，咕噜咕噜

黄色的引火纸上小火苗忽闪

仿佛给自己腾出足够的空

他的身躯也比平时更轻盈了

故事从他嘴巴里溜出来

像冒出的一朵朵云泡

引你钻进别有洞天的世界

有时你乘坐飞机会遇到其中几朵

藏着你童年时记住的几个故事

在那里，人们无须吃喝但生活自在

农历七月时你最爱观察天空

把那些故事的云泡记熟

直到有一天，你也成了讲故事的人

试着腾空自己，吸进火苗

点燃舌尖贮藏的烧酒

在世上的某处，坐下来，深呼吸

2015 年 4 月 22 日

约黄茜同观大卫·霍克尼画展

他用 iPhone 和 iPad 画风景

与那些用它们拍摄风景的人不同

他选择更笨拙的方法

你会说，那是他的职业，他的生计或喜好

他每天去往同一处地点

约克郡某条大路边，带着他的 iPad

用电子软件提供的画具：色彩、电容笔和笔触

处理每一天的空气、风速、色泽和情绪

就像我们诗人安静地坐在电脑前时所为

他在平板上挖出深度，电光屏上洇开潮润

而画幅的重量几乎没有改变

当他返回时，衣兜里揣着他的新作

依然是个散步的老人，的确如一次郊游或健身

他把安迪·沃霍尔嚼烂，把梵高和卢梭变成旧制服

他用一个手势等待春天，时间凝固在他的指尖

红色的土地，缤纷的云朵，跳舞的线条

他修改画面时不会因闻到太多油彩而犯晕

他眯起眼睛打量时也不需要后退太远

有几个瞬间，他觉得自己不像个画家

更像个厨师：做着冷盘、热饮或甜品

端给那些食客，似乎忘了他的手艺

这些人把他包围，指望他晒出祖传菜谱

还把他的私生活翻出来反复播放

于是他懊恼着背过身，执拗地沉醉在约克郡的风光里

2015 年 4 月 19 日

源

给你一个支点，比如说你诞生

你就可以撬起整个生命

万物运行在你之中

你用眼睛看你自己内部

用舌头品尝你的滋味

你跨进一条河流

仿佛朝着既定的方向

不可能再跨一次

像划亮火柴，燃烧着磷

你凝视火焰，寻找

那因之突出的昏暗

你反复想象划亮火柴的瞬间

用寒夜街边小女孩的眼睛

看生命如何在那些瞬间里发光

燃亮并蓬勃你的视野

紧裹住你因困乏而消沉的傍晚

那支点正是这一小团火苗

一切之源，也是一切所归

2015 年 4 月 18 日

从一场雨回想起——

雨滴解开蓓蕾的怀抱
扎根在这灰色天幕映照的镜像之中
激发尘归于土

爱，像浮游生物般
受制于她跻身其间的水域
在等待中滑行

密织的天网的邀请
行人与植物此刻共同承受
深刻的交汇

摇撼窗棂的东风
驱赶云的羊群
大地之上，河流沉着，绿色汹涌

春雨催动梦的腰肢

旋风之中的花瓣与你照面

干净如洗

一本打开的书爱上了那双手

2015 年 4 月 12 日

舞　者

你舒展的臂可以够到星辰

你踢出去，足尖飞出甜美的音符

夜色温软的眼神流动

晨风叫绿萝心跳加速

夏天的药片也能治愈梦的桑拿？

——人群脱缰，大街空寂

你双臂交叠孕育一片海

你腰肢轻转，承住

驶向欢愉和幸运的航船

2014 年 8 月 5 日

收割者

记忆也补救不了
自然中没有合适的乐音
唯有巨大的静默匹配金色的画面
闪亮的刀刃拉出新鲜的道路
突突作响的机器去了别处
沉甸甸、闷热的田地里
四处游荡的风铺开了白昼的眠床
柔软、甜香的泥土上
唯余收割者深深浅浅的足印
晒场多么安静，即将入仓的稻谷
在夜的酣睡里发着幽光

2014 年 7 月 19 日

西尔维娅·普拉斯反复做过的梦

女巫的装束因时而变

她不借助扫帚

也没有一只黑猫相伴

在空中她只需张开双臂

便获得了飞的能力

她惊讶于自己驾驶舱的脑袋

两只眼睛正是舱边的舷窗

速度与高度自如调节

她平平地飞过美国西部的上空

爬上一面火红色的山坡

来到碧绿的平原

低飞掠过高耸的英格兰城堡

她看到在草地上设宴的人们

黑衣侍者身体挺直

托着点心盘穿行在礼服人群中

她悄悄降落这人间

像任何一位女巫或天使

带着微笑加入人间的游戏

接近那注定相遇的人

在有浴缸和镜子的白色房间

像安排好的情节

她被指派去杀死一个女人

眼睛传递着催促和鼓励

但她纠结地坐着

孔雀蓝的长裙被水沁湿了

水流的力量拉她向下

她在这紧张的下坠中醒来

跌进熟悉的黑夜

2014 年 5 月 27 日

收听广播

一

早晨，伴随着公鸡打鸣的

是广播喇叭，这是大集体时代的乡村

传播信息的主要方式，每户人家配有一只

高悬在房梁或门框顶端的啄木鸟

执着、顽强地清理着巨树中的杂音

如同一棵巨大的声音之树

从县城广播站递送的最强音

清洗着乡村的晨昏。在广播喇叭

与公鸡啼鸣的二重奏中，我醒来

如一根久泡在河中的原木

一动不动，浮在床上，试图分辨各种

声音的细节：鸡窝中的骚动，那里发生着

一个故事——母鸡被激怒，狠狠地啄了司晨者

猪圈里传来哼哼的回应，厌烦又鄙视

一头老牛拖着沉重的轭从屋后走过

它的主人和我早起的爷爷打了声招呼

露水在叶子上颤巍巍的，一个细小的动静

就把它们赶到土里去了，苦楝树梢上

阳雀正开会，而蟋蟀将安静地睡上一整天

父亲做好了早饭，他的脚步在接近

一两声咳嗽后，他温和地叫我们姐妹

起床，同时又不惹恼熟睡的母亲

二

"起来去学堂"，父亲压低嗓音

你乖乖地爬起来，穿好衣服

伴着广播里深奥的话语，早晨广播里的

第二个节目叫作《学习节目》

讲的是唯物主义。唯物主义，你完全不理解

你琢磨着，"唯"和"物"两个字很像绕口令

"主义"倒是经常听到，却拿不定

在它前面还会出现别的词，外国人的名字

它们出现的频率更多，连带着那些肖像

一共四个，两两对称，装饰着每户人家的墙壁

他们的目光微微抬起，看向对方的头顶

你熟悉他们的表情，每一个细节

于是你想象他们的声音，从抿紧的嘴唇里

会说出怎样的词语，叫出你的名字

目送你，在田埂间灰白的路上匆匆而行

加入你的伙伴和人群中，声音消失

三

广播电台是县里的，电线杆，细细的电线红色或绿色

一只银灰色的大喇叭，一只只方盒形状的音箱

各种人声、音乐传过来，发号施令或谈天说地

县城就是远方，一年到头你不会去几趟

即便去过，回味中仍茫然于它曲折的街巷

和令人疑惑的怪味，混杂着海鲜的腥臭和煤烟

过了一条大河，口音都变了，城里人说话就像唱曲儿

她相信喇叭里的一切，惊叹那么多节目要多少人

挤在一个屋子里表演！广播声响起，各家各户的炊烟

也慢腾腾地飘散出来，从烟囱、窗口和门框

忙碌的农人在广播声中显得多么散漫随意

乡村和田野就是大静止，大包容

广播喇叭音就像巨流，围绕着她的主干

那些安然开放的花朵以及欢腾流动的小溪

2014 年 1 月 28 日

辑二

在拼图游戏中

独角兽父亲

雕花木床上我找到了各种珍兽
麒麟是不是独角兽？它是我的父亲
就像在拼图游戏中，我记起它的
颜色和动态。我父亲卧在
雕刻匠们努力制作的那张大床上

我母亲则像个精灵来去不定
拒绝被塑造成一只骑跨在猛兽身上的
少女战士，她和过去的自己争吵时
就连夏天的小溪都会停止歌唱
我的母亲爱上过独角兽吗？

雕刻匠们俯身于他们的木板
用凿子与刻刀细心地推敲他们心中的乐音
有一阵了我犹豫着要不要打破这宁静

因为我也想当个雕刻匠啊
我在纸上画一匹独角兽

我妹妹只喜欢跳舞，一旦舞动
就停不下时间，她为发条找寻座钟
她梦想成为珍兽乐园里的莎乐美吗？
舞蹈着穿过水面、跳上苦楝树梢
她的独角兽是一名忧郁的看守

暴风雨就能轻易掀翻的草屋里
雕花大床拼合成功，雕刻匠们即将离开
可我还没有做好准备呢
我到底会是一个刻工，还是一位画师
或者一名驯养独角兽的少女
抑或是莎乐美，怀抱着独角兽头

2017 年 2 月 3 日　修改

母亲与苦楝树

苦楝树淡紫色的笑
自密集的叶丛中满满地涌出

带着心满意足的绿，她注视生活
我的母亲是一个苦楝树支点

放学回家的路上我能远远地看到
无论晴天或雨中，她的身体吸满能量

她谈笑中突然流露的怒气带着一丝咸涩
无论如何，苦楝树液是有毒的

或许如此，啄木鸟没有在她身上敲打过
但她的花簇会有蜜蜂光顾

披着透明的大氅，蜜蜂是夏天的勇士
剑术出神入化，背着金黄条纹的炸弹

绽放的花朵就是被炸开的弹坑，如此说来
苦楝树就像战争中被摧毁的村庄

我母亲的午睡就如被炸翻的瓦屋
她翻身时竹床吱嘎作响，哦，叹息的苦楝树

从排水漕里流淌过的天水
也许摸到过苦楝树根

希望总是藏得很深，被现实的风箱抽出
灶膛里火焰噼啪，洇开苦楝树枝叶的苦香

2017 年 2 月 4 日　修改

她出现，然后消失

电视正在播出文玩类节目

新发现一处玛瑙原矿，记者及时寻访

某省的贫穷山区，推土机搬开小山包

乱石满地，形同废墟。她头扎一块旧方巾

拖着竹筐四下探寻，像机警觅食的动物

扒开石堆，翻检石块，迅速攫住一只

好像随时都会滑溜出去的锦鸡

她凑到镜头前兴奋地展示，那包裹在石质里

隐现的光亮和色泽，随后是宝石的特写

以及包裹着它的皲裂的双手

她用一杆小铁锤轻巧地击落石面周边

玛瑙整体显现出来，伴着几声赞叹

她把玛瑙石丢进竹筐，继续干活儿

这节目差不多大功告成了吧

镜头切换到一个场景：她仿佛心满意足

告诉记者，她已经是一名熟练的觅石和采石工

刚从村里来到这里两个月，挣了六七千块

但是，他们挣的更多，那些包工头

他们租卡车，拉着我们这些从村里来的

中午包我们一餐饭，他们一天就能挣到上万块

镜头一晃，不予评论，节目告终：

头扎方巾，灰头土脸的采石工

在敞开的卡车厢挤成两排，与几十袋玛瑙石一起

轰响着，一头扎进屏幕深处，绝尘而去

2015 年 5 月 16 日

哥本哈根的月亮
——为格丽特而作

一

六月，明净的夜，月亮飞奔于云朵之间
海面上，岛屿和建筑俨然减重的神
克莉斯蒂亚娜湖边，皮影般的鹭鸶、鹅群
蜗牛贴着路沿伸长柔软躯体上的触角
测听被大麻迷醉的游人的脚步
和那并不久远的叛逆、革命或颓废

枝桠密织，湖心岛上群鸟轰鸣
向游人提起一段往事。此处严禁拍照
但无妨眼睛的进补结合心的畅游
星际若有絮语，不过如此
云被层叠，高风助推，穿过星空的穹顶
并不减步速，誓同海上巴士赛上一程

而那个异乡人正用乡音拉响

文明的汽笛：注意！那没有显形的阻力！

二

海上巴士张开蜂翅，透明着，与海水混淆

巡游于这片水域，匆忙停靠，仿佛一螯

瓦蓝与橙黄，天空的惊叹，小岛城市的流线型

花园，港口浮动如花朵，深色玫瑰

吞吐蜜与露，甲板上儿童活跃

但有一个是安静的，坐在船舷上出神

聊天的小伙伴突然哄闹，速度与海风猛扑

他们的金发如火焰，年轻的火炬

一个孩子的沉静如海底

呼应着异乡人凝神的隔膜

她感觉疏离，像所有被放逐的人

拘谨地坐在过道边的位置上

好像随时准备一跃而起，遁入水中

捞起你那崭新的眼睛观察周围
风景还是原来的，只因观看者而变化
她和孩子们中间隔着一道光

三

大块头建筑，密集如码好的骰子
那些古老的房子，有着尖顶教堂的铜绿

地铁口进出，纷乱而有序的人们
迟疑者多是游客，飞转的自行车轮
仿佛模拟赛道上被遥控的样品

跳蚤市场在宗教节日的街心花园举办
晒人的午后阳光下，你等着远方的信息

沿着看不见的电波、磁场和航线
落入你手掌中藏身。只是你依然匆忙赶路
从新港到新歌剧院，步行街和水上巴士

名牌商店占领了主要商业区，这里和那里
只有脚步不同，只有思念总被镀上新的光线

四

你说，全世界的大都市都有一条步行街
街边的商铺也总有那几家。这里，也不例外
只是，游客没有那么多，天地干净得叫人惭愧
我们跟着人群漫游，遇到每一处风景时停下
那么随心所欲，仿佛过去的紧张生活不复存在
又好像我们在加速挥霍机遇和幸运
在如此无序的安排中把握造物的奇迹
人们相遇，互相了解，转身离开彼此
我们将之称为过程，一条线的模样
不管你怎样抻拉，扭曲，颠倒，但，如果是一只圆
没有开口处，它沉静地关闭自己，像个沉默者
我们在圆周上滑行，制造切线，仿佛被加速度
甩了出去。而如果我们安稳地滑着，没有任何
创造花样的打算，那可是门艺术！也许我们

就相信了命运。现在，你沉默片刻，告诉我
但如果我们只是在圆的里面，那会怎样？

五

两千座岛屿的国度。极地之光下喧嚣的
沉寂。你注视每一个人，生长缓慢。有流星
划过世纪的深夜，耀眼的陨落与诞生
我们跨大步穿城而过，谈论凯伦·布里克森
她怎样远赴异域，又如何回到故乡
而不远的图书馆里存有她的全部手稿
这里有童话和哲学，深藏在高窗背后郁闷，发酵
还有月下美人鱼的低泣，她怎能忍受成日被看
游人如急雨，如单曲循环，如透明的盗贼
我愧疚，愿与你们一起慢下来
像一座生长中的岛屿，愿提供我的肩头
给安静的儿童，在世界上任何地方，领会生与离

2014 年 6 月 17 日—28 日

91

精 卫

一

身躯单薄如纸糊的窗扇
经受着清晨略微湿冷的风
睡足的太阳放出数百万的箭矢
驱逐暗夜里悄然占据沙滩的寒雾
光芒的箭头发出细密的沙沙声
没入沙地仿佛隐身地洞的虾蟹

她随手抓一把沙土任其从指间流淌
留在掌心的卵石划开空气的波浪
钻进阳光的深海，惊起翅膀的漩涡
她随意来去，细致地感受
远处，海天之间摇荡的鳞片呼唤她
她褪下棉布衣衫，要去穿上那闪烁的

光芒与柔水织就的无垠的羽裳

她溺死的瞬间，可曾领悟到肉体的沉重
仿佛她的一生只是一件容器
这生命的本质启发了她，她变形或复生
在一只鸟的躯体中，抓取最轻微的武器
她不是西西弗斯，鸟儿的叫声是她的新名字

二

她本可以骑波浪，跨劲风
骄阳下自由来去耍东海
她脚步所踏之处，绿色更浓，花儿垂首
群虫争先恐后，忙着整理她的衣襟
月亮负责她安睡的夜晚
潮汐的摇篮曲跌宕于她的性
她醒来，梦悄然退入夜幕背后
她回想这重叠的生命，几乎有三层
在她的出生和死亡之间交替

她的父亲是炎帝，因此她有
火焰的脾气、海的欲望和必死的命运
当她的双足被海水浸湿
她便感到了翅膀的力量托起
那是缺席的母亲，隐身在她的双肋之间

三

翅膀托举着的那颗心果真是不死的
她叫着自己的名字，像一只猫
模仿着、回应着造物主赐予她的身份
她将守护的也是唯一的自由

她又一次来到这里，透过空气中
紧张的光线，她甚至听到了尘埃歌唱
为了她那刚刚失去灵魂的小小身躯
依然在海面上漂浮如一条迷航的小船

转动鸟儿的新脑袋，她试图看清

一个大海，它波浪的巨嘴里深藏的秘密
"一座挖好的坟墓"，她听见这声音就来自她
难道一切都将回到这里，流动的归宿？

她衔着细小的树枝、坚硬的石子朝下丢去
用她安静的坚持，试着造就这座世界的摇篮

2014 年 4 月 12 日—15 日

哪吒的另一重生活

一

他出生时父亲正在地里除草，披着初露的星光
竹篮散发着湿土与植物汁液的香味
仿佛献给星夜的祭礼。大海渗入
沉默的男人汗腻的鞋底，他差一点滑下田垄
当邻居远远地喊他，报告那月亮的喜讯。

一个浑身通红的婴儿，在油灯下大哭
他的母亲曾希望他是个女孩，有着圆圆的眼睛
以及清脆如春笋的歌喉。他会唱尽世上
所有的歌儿，包括那些没有被小河创作出来的。
他将使黑夜永远年轻，黎明戴着雾蒙蒙的眼镜

不，他不会去追赶太阳，虽然他肯定会上路

他驾驶四驱赛车，挎着记忆的帆布包，朝着远方
太阳键盘和月亮鼠标开垦的道路，甩开尘烟般的死亡
他是一位诗人，与痛苦、不义、遗忘为敌。

二

东海的孩子有一颗西海的心
海水的力量灌注他七岁的身体
他漫步沙滩时，潮汐锻炼着平衡
他用头脑中的虾兵蟹将推举出一个对手
消遣孤独时光中的那一阵黑暗
他叩问天地之间一股精神气
宣称肉体的可替代性以及技艺
那可以出神入化的秘密
他始终是个孩子，年龄可疑
心智稳定，生活在传奇、演义
和不断更新的神话里，清脆地喊一声"我来也"

三

粉色的肌肤被阳光和海水映衬得闪亮
声音脆嫩如一根新生的芦苇
他奔跑时，脚下的泥土和细沙发出欢叫
多么值得！多么孤单！
他急躁的性子幻化为脚下的风火轮
他挣脱天地的雄心打造一只乾坤圈
在浴火的圆周中，他练武、读书、玩耍
父母生下他，仿佛为了抛弃他
师傅教授他本领，也改变不了剧情
他急忙中冲杀，为了一个自己尚且模糊的认识
他被父亲杀死，为了一个终于不会被他承认的体制
他被埋葬过吗？他的敌人快意于他的抵偿吗？
如何理解他的复活？没有上帝的恩典，不是奇迹
一口仙气附在一具玩偶身上，叹息着迎来新生

2014 年 3 月 27 日—29 日

变形记

我外婆说她年轻的时候躲鬼子
和她的兄弟们一起跟着他们的母亲
他们往五月的油菜地里躲
他们往朝北的河坎里躲
他们往无人光顾的破庙里躲
他们往闲置的车水棚里躲
草垛里、坟场边、竹林和暗渠
平原上能够藏身的地方真的太少了
但哪里荒僻哪里就有他们的行迹
我外公说他有一回来不及跑
就跳进一条小河潜着水
一袋烟的工夫，还是一炷香的时间
他才敢从水底爬出来
我母亲小时候跟着她的养母躲反动派
她们藏身在一户穷邻居家

那户人家的房子远离村子的中心
一间几乎倒塌的低矮草屋里住着老两口
我母亲眼中反动派白衣白裤刺刀闪亮
她是个好奇的小孩
在危险中也敢于探出脑袋看看这个世界
他们在讲述时我就脑补了那些场景
她们东躲西藏的模样，有的一往无前
有的不断回头，有的一边奔跑一边祈祷
有的鞋子掉了一只都不敢回去捡拾
有的那以后不断做着相同的梦
甚至连我的逃亡之梦也与此有关
我躲不知名的危险
我躲面目模糊的追踪者
我躲内心里的懊悔
我躲一切让我无法面对的
在梦中，桥梁断裂，悬崖当前
最后关头，我对自己说
好吧，我是一棵树
一棵树，一棵树，一棵树

2014 年 2 月 20 日

诗人的功课

节制是刀刃在呐喊之前瞬息的迟疑
警觉是眼睛眨动中仍旧意识到自己的位置
坚定是石头被海啸带动后学会了游泳

自由是与锁链共舞，看谁先踩准
音乐中的最弱音，然后请对方来一段独白
一整出戏剧发明了一个个夜晚

当帷幕拉上，重复是回到身体时
关节和肌腱相互致敬，只有一次是有效的
拉伸运动测试你的诚实如飞去来器

呼吸属于音乐，叩击键盘与运行笔尖
都试图与你的气息一起嬉戏，角力或彼此相容
照镜子是偷懒的行为必须严加禁止

时间是永恒的动词，正如你一旦开始

你就得披上这件外衣，戴上这面具，随时准备摘下

2013 年 10 月 3 日

雪的告白
——致 Si-an

我只有一片，或者说，只有一个我
你看这漫天飞舞的，都是我的分身
呵，你会笑我竟相信传说中的忍术
既然你也严肃地讨论过童话的真假

就在这样一个早晨，你从地铁里出来
看到整军团整军团的我，侵袭这个城市
看啊！一只喜鹊衔着一根树枝
疾驰而过，要修补它其实相当稳固的窝巢

你凝视天空时，可曾体会到一种慢中的快
我在飞，又在降落，在槐树细致的枝桠间嬉游
和你的目光捉迷藏，隐身于悬挂在梧桐树顶的枯枝
我在大地和屋顶铺展，亲吻你的双脚，填充你的镜头

我乐意如此：致力于冬的舞蹈，活跃于你我之间
言语的蜜，又远又近，风的唯一……

2012 年 12 月 12 日

反肖像

一

她随手拍，透支将来，挥霍虚拟

她有白日梦收藏癖，她席卷她视野所及

她给想象加滤镜，为现实和情欲调焦

令死亡看上去美观些、安静些

再用单调的咔嚓声为风景配乐

内心深处的空旷废墟恰如一部默片

多么简省！微博时代

她漫不经心把卡片机揣进提包

她活埋日常生活，翻译无语

饮用或吟咏丢失的诗意

爱情，永无休止的休止

二

他拒绝照镜子，因为他
自认就是镜子：让世界投影在他之中吧
时代英雄，玻璃是钢化的
脆弱也萌到家。对，他就是他
待价而沽，包括有关他的一切
粉丝团就是他的人民
他为需要而活，"来买吧！"
他咒语般从头到脚冒着热气
写字即烹饪，更新，意味着美味
他懂得如何叫食客们一哄而上，争抢沙发或前排
香精、防腐剂和色素调制而成的他
出锅了，大秀才能、容貌与脾气
当然他拒绝照镜子
他，网络上的道林·格雷

三

尽可能地填满

除了睡眠之外的其他时间

尽可能不去纵深思考

机械点，再机械点

几根指头就可以

用代码和图像就可以

用想象做外挂，升级

成面具艺术家，有限复制的 ID[①]

瞪着各种屏幕看

就为断定：是否真的失去了那个人！

2012 年 1 月 29 日—2 月 1 日

[①] 身份标识。

灾　难

我的左耳地震了，而我右脚的小脚趾正患着抑郁症
废墟中，我的听觉呼救，声音越来越微弱
我匆匆追赶你的时候，是什么在拖我的后腿？

从我双肩的交会处，峡谷间泥石流蠢蠢欲动
难道是末日正为它自己建造实验室？
这颗头颅盛满翻腾的电波，左右转动着，偶尔——

捕捉到台风筹划登陆地点和侵袭面的消息
闪电划过一只瞳孔，顿时，双乳的火山爆发
来自丹田的能量可以和金融危机一较高下

暴政的瘟疫正在大肠里游走
寻找突破口，啊，我的肛门并不准备
传播病毒！可干眼症说明我的地下水正日益稀少

我的两腰冰凉如极地，正迅速融化
变暖的世界将再次遭遇大洪水
它会突破子宫的安静，冲垮阴道，如海啸

洗涤七窍的湖海，密发的丛林
但它们也阻止不了肋骨与胫骨的战争
黑夜的鼻尖冰凉，伫立如一支孤独的灯塔

2010 年 9 月 27 日—10 月 13 日

纽约即兴（组诗）

散步至中央公园

布鲁斯的天空，流云的节奏
高树都变了颜色，在寒秋的演奏中
枯黄的叶子铺成几块地毯
那分割也严格地遵循了城市规划
中央公园宛如曼哈顿的客厅，我们的步伐
则是秧歌式的，"再慢些"，你说。

松鼠忙着增肥，细鸟寻觅草穗
只有鸽子们，它们等着我的面包屑
我们赶往一片湖水：那里，有慢跑者
精心计算小湖的周长。午后的太阳
目睹了好几拨人，它笑着，闪亮的泪水
冲洗着湖面上一小块残妆

小湖今天的约会泡汤了，当你赶到那里
她丢下一句话：请回吧

蜗　居

暖气太热了，你无从猜想它
是从哪个孔洞里钻出来的
倚靠在大窗下，带排气槽的金属箱子
是否适合居住，它是我们
这套公寓的缩微版：说着外国话
隔着墙，邻居们严谨的作息嵌入你的生活

适合此国动物居住的屋子
竟然也适合彼国的我们：白天，带警笛的
汽车呼啸着驶过百老汇，最终我分辨出
它们的四种来历：医院，警局，消防队和建筑公司
而我们的楼管何塞却坚称：这里多安静！
当他为我们堵好老墙上的两个大鼠洞

没错儿！老鼠们整夜在地板下磨牙
防火梯被风吹出金属的乐音，它们的确很轻！

方向感

诉诸想象，诗歌有两种样式
我说：我看见，我站在地球上
你答：你在地图上找着了北方
有树，还有太阳，我说。你答：
水是蓝色块，公园，一片长方形的碧绿。

但其实你的回答也只是我的猜想
当我写下这首诗，我省略了你的言语
习惯于按图索骥，此图不包括地下
地图上，曾经被毕肖普写下失去的诗
但我们热心于发现，那地图上的无

每天同一时间，一位乐手出现在时代广场地下
人流汇成了地下河，水波伴着刹车
而音乐，恰似一块暗礁
把这里，谱成曼哈顿岛节奏鲜明的心跳

在地铁四十二街

在地铁四十二街，人流的漩涡
那些流浪艺术家才是航标，或暗礁

在地铁四十二街，无足轻重的人们漂游
那位用自制乐器演奏的黑人才是支柱

在地铁四十二街，身涂白粉的女艺术家
优雅地把微笑保持到最长，她练习着安静

在地铁四十二街，低低的天顶在地下
一支乐队的即兴曲就像穿堂风

吹凉了你压抑的思绪，琴键似的台阶
与鞋底，合奏着曼哈顿交响曲

在地铁四十二街，那位大提琴乐手或许来自中国
他把梁祝演绎得像一眼水井

那个跳下去的人不为畅游，而想沉溺得更深
在地铁四十二街，每个人都是蝌蚪音符

风　袜
——为殷海洁作

弃用的港口仍会停泊轮渡
那些支出水面的木桩，像是海湾
被分隔出来的一间卧室，床脚探出
托举着看不见的风的床褥

是的，无形无影的风有这样一具卧榻
也算合乎自然的逻辑。当夜风睡在海湾上
她将褪去霞光的衣裙，瞧，一根原木上
栖着饱餐后海鸟一样悠闲的风袜

海湾鼓荡的呼吸里，夜的潮汐涨落
梦着远方的梦，看不见的被单裹着她
当你的海魂衫被激烈地扯向海岛的方向
你仿佛领会了内心，那即将光临的爱的风暴

她裹挟着你，从伦敦到纽约

她裸足跑过，悄然间，你感到离自己多近

2006 年 11 月—2007 年 11 月，写于纽约—北京

历史课
——一个戏剧角色的台词

各位同学，这学期由我
来和大家一起学习历史
从中国古代史开始
可能会一直讲到世界史
那时候你们中的大多数
会升到高三，除了半途辍学
或改读理科的同学之外
等你们顺利毕业升入大学
那时候，你们现在的生活
包括和我一起读历史的日子
也就成了历史……毫不夸张地说
这历史的一页必须翻过去
换言之，你们得用功
我也有过和你们差不多的
中学阶段，说差不多，意思是

历史有时候是会重演的

在隔代人的身上

这大概也是对进化论的一次辩驳

同时又是对哲学悲观论的一次证明

不过，历史还在那里

在一个我们暂时还没有涉足的地方

这么说，我们的学习就好像

是一次远行——中学阶段很辛苦

到了大学里就自由多了

让我们在历史课中寻找某种自由吧

来一次返回历史之旅

或跳进历史的长河中游泳

不会游泳的同学，正好借机学习

游泳并不难学，关键要放松

学会换气，不要总是憋着游

那样即使能浮游一阵子

最终还是会因为没法换气而沉下去

虽然沉到历史长河中，对我们这门课

倒不是件坏事。同学们，沉浸到

历史中，有助于你们思想的成熟

你们会发现，人类的很多重大事件

是怎么发生的，一些历史伟人

到底是怎样的人，英雄和匹夫

有什么差别，如此等等

教科书告诉我们，历史像一面镜子

能够映照我们的现在和未来

这么着说吧，与其说历史如镜子

不如说它更像一块黑板

就是这样一块黑板

写在上面被我们读到的

才能被称为历史；而那被擦去的

有人认为是历史被遮掩的部分

但痕迹留下了，只要我们耐心寻找

就总能发现一鳞片爪，所以，历史

是残缺不全的，好像劫后的书房

书籍散乱了一地，历史书也不例外

一样会被丢到某个角落

至于从来没有被书写的

则正是我们需要用心去发现和创造的一切

有人却不知轻重，把这部分叫作艺术

2003 年 8 月 25 日

回　家

下车后，一时没找到车站的出口
我望见车场一角有一扇铁栅栏门，挤满了脑袋
和伸开的手臂，在暗夜灰白的灯下
好似一幅囚室的画面，我差一点就退缩了
为长途旅行产生的幻觉感到滑稽
我迈开绵软的步子，道路仍然是坎坷的
奇怪的是，门打开了，当我接近铁门
才见到一个门卫，他开门的姿势里自然
没有谦恭，不如说，他是粗暴的
接着，那群人飞快地包围了我
有几个男人甚至拉住我的手臂，还有一个
有力地抓住了我的旅行箱
我不由自主地惊叫了一声，还好
他们及时地松开了，仿佛被我震慑
片刻间，换用另一副嘴脸和腔调

好几个声音表示同一种意思：

坐摩托，去哪里？哪里？哪里？

我低头快步穿过包围圈，发现其实

就十来个人，车站外面停了更多的车

摩托、兔头、三轮、面包车

和小轿车，有几辆顶上有"taxi"的标志

根据旧经验，我选择了一辆taxi

它停在车群的最外围，司机走出来

招呼我时，好像刚从睡梦中惊醒

我坐进去后，发现空调没有开，里面倒很干净

甚至可以说是辆新车。路很远，我问他

是否愿意出城，"去哪里？"

"凌河"，"去的，不过你要指路"

他的虚心让我放心，但我有没有理由放松警惕

当他问我是否是上学放假回家，我脱口否定

并告知他我是有工作的人，回乡探亲而已

三十里地的乡程，从县城往西北

记忆中开阔平坦的公路

变成了今夜的崎岖和狭窄：迎面而来的车辆
擦过我们的车身，带出一阵阵呼啸
司机倒是从容，还能与我聊开家常
谈到近五年来城乡的变化，比上不足比下有余
"我们县不是最好的，但也改变了很多"
但为什么这些路反而窄小了？我甚至认不出
那座大桥，当我们小心地通过它
我开始怀疑记忆中的故土：那平原的开阔
和道路的整饬怎么也都变了？

拐弯向西，父亲在前面的大桥下等我
灰尘和颠簸已经让司机开始烦躁：
还要多久？还有多远？
幸好话音未落，已到了目的地
我付了五十块钱车费
想起司机在途中的介绍："像我开的桑塔纳
全县城只有八辆"，父亲的声音传来
借着车内的灯，我看到父亲瘦削的脸
一颗门牙缺了一块，正开心地笑着
桑塔纳掉头，向东开去，一阵烟尘紧追不舍

周围忽然静下来，夜幕好像

突然落到我眼前似的，我伸手

拉过父亲的自行车把，在他的咳嗽声中

走上多年前熟悉的河边小路

河水则好像躲了起来，躲在水花生结成的网下

虽然是夜里，这也不难想象：我已经看到了自家的屋子

厨房门外的廊灯亮着，像是给夜色里的家

涂了一层香油，我和父亲说着话

很快我就发现：他听不懂

我的口音，而我对乡音也已感觉迟钝

2002 年 2 月 13 日

123

黑暗中的舞者

她剥落她自己，虽然她情愿
另一双手的节奏
她缓慢，又为这缓慢而羞惭
他的目光使她更快了些
但她转而选择了从容，她抬头

他在召唤，也是唤起他自身
她知道，他比她更急切些
但谁又能判断：到底是谁更急于承认
这样一种急迫性，难道不是她
自己？自己之内，又一个自己？

她的发触到自己的肩，细微的痒
撩起她的自爱：是的，她也愿
唤醒她自身，那被生活的壳

紧裹住的部分；不，她并不是在享用
禁果，她只是在揭开她自己

而他可会明白？他看，他的眼中
两束光，将这变暗的舞台
圈出两个圆柱的范围，供他们合舞
叠印，分离又渴望……他忽然想
是谁在担任这舞台的灯光师？

她伏倒，微斜，那耸出的
部分，轻触着他的
肌肤，而他正在蒸腾
他不只用目光，他的双手羞涩些
也更贴切，但他怕惊动她，他怕太快

快，是一种态度，她从前想过
当第一次，她被一种蛮力左右时
她哭了，以为她已变成
一个可以完全交付出去的礼物
是的，那就像是把双方当作礼物互赠

他以为，快，是一种力的表情，不单单
宣布了舞的节奏。他第一次裹住
一件小于他的形体，并用自己的钻，
去勘探，他看到了梦中的跋涉
哦，多么意外，一个女人是他的宝藏！

她为他的迟疑，虽然是在片刻中
感到欢喜，她可有海洋的深度？
她找寻他的手，帮他掌舵
他们的舞，要复杂些，切不可滑
到浅水中，他们的航船需要颠簸

他知道，他可以有他的俯冲
或翻腾，但不要偏航，有时候
天空会使他一阵茫然，而他的飞行器
需要开阔的自由。他微笑了
他觉得天空有时可以藏在一个洞穴中

她借助他的力，升腾自己的轻
他扎进她的深，倾泻自己的生机

她惊呼，为这播种的重量
而他叹息，那广袤令他敬畏
哦，从种子的睡眠里，他们起飞

他托起她，他们的支点稳沉而又惊险
他们把热度散发，舞的眩目浇灌着
黑暗；闪亮的背景，把他的目光吞吃
而她正在发光，她的波动更绵远
她旋转，奔突，跃起，光影凝滞着

他惊讶，欣慰，一时间忘记了
寻觅，他误以为已经找到；她的舞迷乱
他砰跳的心，暂时归于宁静
他总结：哦！舞才是她的灵魂
那一个个白天都只是些空壳！

"我在放弃"，她忽然意识到
舞引领她，舞改变她，舞找到她
而他像在等待，她以他为支撑张开了翅膀
当她起飞，她感到支点即将脱离

像携带着太空探测器的火箭

而他正全神贯注于这奋力的发射
有一刻，他凝住，像舞的定格
而她，感到一种惯性，已把她自己
推往虚空，灵魂出壳，是温暖的
温暖地带她返回，返回黑暗的静寂，与缓慢

舞如何支配舞者，他因为耗尽而苏醒
黑暗是否孕育过擦亮，她发光
并归于圆润：那时，他们更像两株
鲜亮的植物，经受了热力的雨，速度的风
在午睡的太阳里，月亮般轻轻摇晃

2001 年 5 月 21 日

松　开

适量的酒精有助于展示你的性格
这并不新鲜，成长的陈年老酒
同样需要一只开瓶器，深入地
掘进自卫的长颈，"要刺得准确
动作更要审慎，稳稳地拔"

边吃边聊，这已成为二人世界
最常上演的戏剧，角色更多
对酒当歌，回忆的版本不断增加
如同考古的新成果，这倒始料未及
其实，我们都掌握了撒谎的分寸

以诚实为交流的前提，旧情重温
婚姻的牢固根基益发坚实
虽然秘密仍然是秘密，热牛奶结膜

不妨碍夜晚的睡眠，必需品
也不是大麻，或咖啡，每天的滋养

谈话，既能把意识逼向生活的针尖
又具有推拿按摩的功效，民主集中的酒精
相得益彰，二人世界，互为映衬
现在，就像我们进行过的拔河赛
一方开始松懈，决定胜利的时刻

就要到来，他忍不住窃喜，表面上
反倒更亲密："我比从前更爱你了"
当她决定松开，这婚姻中，祖传的
伦理绷带、道德拳头，就像高跟鞋
断了跟，她的赤脚踩在了马路上

2001 年 4 月 25 日

在悉尼起伏的道路上（组诗）

悉尼塔
——为 Jackie 而作

异国风情，有人爱
也有人迟钝……筒状电梯径直
将我们送上三百多米高的塔顶
与我乘过的电梯相比
仅在于速度更快，我的心脏
感到了失重的一握，但也只是
瞬间的事，瞬间的差异。
塔顶宽敞的大厅，使我想起
曾经到过的某家图书馆
一间过分空旷的阅览室，也许
只是在梦中见过，又有什么
关系呢？四周摆放着一些
高倍望远镜，使得这里有点像
过时的天文台，或荒废的

军事基地，只能供游客

瞭望几眼远在天边的科学史

或近在咫尺的战争新闻

——这些破碎的错觉当然帮助不了我。

从这个高度，漫不经心的俯视

也令我记起幼年时

父亲为我制作的万花筒

那缤纷的纸片永不重复的组合

而我的朋友正安静地踱着

唯恐惊动脚下的世界：城市与人流

像一条蠕虫，光阴正用它轻柔的

隐形步履，富有弹性地向黄昏挪近。

从一架望远镜的眼光中

我捕捉到不远处一座大厦内

许多窗帘是拉上的，更远些

海湾上有移动缓慢的船只

被趋近的高层建筑物挡住下半身。

——我不会深究这些细节，因为

海湾对面，"五十年前根本

没有那么多房子，全是森林"

现在看来，一片片红色的屋顶

就像现插上的胜利旗帜

使那儿成了一块文明踪迹的地理标本

而地方志也乐于记载人口繁荣。

我的朋友正为她国家的环保状况

担忧，她热爱大自然

陶醉于西南威尔士画廊

一幅描绘百年前该地区风景的油画……

而我们身边坐着的一对情侣

正沉醉在拥吻中，他们很可能

把这儿当成了一处居高临下的

幽会地点，幸亏这舞台的意义

是象征性的，作为观看者

恰好赶到这儿的游客们或许

帮他们加固了爱情高于尘世的认识。

现在，目光转向一幢别致的

大楼，它是对书架样式的仿真

与放大，好像这里恰好是悉尼的

一间书房。正对着我们的外壁

分成好几层，由几排大书填满

其间，我找到了一部辞典

一本劳伦斯的小说集，我的朋友

则发现了一本俄罗斯旅行指南。

天色渐暗，书脊上的字样也快看不清了

另一些不知道名字的书

正从内部透出童话的亮光。

从另一个方向，我的朋友

要在天黑前找到自己的家

这已不太容易，但她成功地

发现了悉尼大学，我们一起

探查了学校前面的草坪

发现有人正从草地上走过……

哦，这偶然的窥视算不上

某种见不得人的癖好 ——

作为一个话题，我们借以发挥

谈到距离感，人类的渺小

以及敬畏大自然的必要性

最后，我们庆幸塔顶这个高度

所延伸的一切，使我们陷入

沉默。——"你感到厌烦了吗？"

——"不，当然没有。"

沿着塔顶大厅的弧形边道

我们已转了好几圈，坐下歇歇

猛一回头，外面已是黑夜

由灯光和星辰构成的世界

在眼前铺展开来。扑面的夜光

似透明的流水，而黑黢黢远处的

建筑物，仿佛满缀珍珠的幕布

起着遮挡我们视线的作用

谁能说它们不美呢？一组组

窗口亮起了灯，与天边的星群

呼应着。一时间，我忘记了

自己是在地球的南半边

塔外的一瞥使我一阵晕眩

感到故乡伸手可及，而一架夜航飞机

也像人造地球卫星似的

将我童年记忆中凝望夜空的镜头定格

2000 年 6 月 14 日

快乐，或吟游书店
——为 Tamara Jaca 而作

橱窗内琳琅满目，色彩斑斓
布局则和杂货店异曲同工
这是否隐喻着古老知识
和现代装潢嫁接的双翼
怡然飞出了全球化的英姿（影子？）
哦，庄周的鹏鸟也要胜任
新人类的梦想。

这是一家名为"GLEEBOOKS"的小书店
根据 glee 的本义
我把 GLEEBOOKS 译作：快乐书店
也可以模仿"GLEEMAN"（吟游诗人）的构词法
将它译成：吟游书店，似乎添了点
诗意，哦，我们内心的快乐无须修饰
我们过客的命运更难抗拒——

在我们的向导中，罗比和你
带着难以形容的审慎，领我们穿越
起伏的马路。在路口，入乡随俗
我们自己控制街边的红绿灯
当一辆辆汽车停下来，让我们通行
我几乎理解了文化差异的某层含义。

步入一条小街，两边分布着
饭馆、网吧、电脑公司与杂货店
——那时我并未预见到，日后
我将去对面一家日本餐馆
吃饭，到一间中国人开的网吧
给北京和柏林的朋友写信

我还将偶尔走进一家杂货店
听来自北京的女店主和她的母亲
对我唠叨这里昂贵的房费
而布里斯班的风光是多么美
——"比悉尼更美，你该去那儿旅游"
——但我可能更喜欢这里起伏的道路。

沿街门庭清秀，店面招幌醒目

傍晚降临，在"GLEEBOOKS"的门口
一行人鱼贯而入，仿佛被一条鲸鱼生吞
而我是否曾像匹诺曹那样，滞留在
母腹中，苦闷于找不到成长的出口？

肋骨状的木质楼梯，发出梦中的
模糊声响，当我登临时
那陡峭的进度令我记起
某位伟人的一段名言，多少少年
曾将它当作座右铭，刻意地
按照它的尺度设计自己
那不同于他人的别致未来。

"在科学之路上，没有坦途……"
所以我得爬楼，屏息，蹲在
整墙高的书架前，俯首，读串串
扭动的外文，分辨那些陌生而熟悉的名字
坐在地毯上，定神，肖邦的音符
绕着书脊飘舞……你走来

举出一本诗集："这是我
喜欢的诗人，推荐给你 ——"

而这也是我喜欢的色彩
像剥开一件礼物的包装纸

我翻开诗集，飞出纸墨
的香气，而诗行像开列的
队伍，等待着检阅的将军
当我用手指轻轻拂过
那拖曳的沙沙声，仿佛一丝丝
细声细气的表白，把空中散落的音符
一一抱住！

哦，迷宫的气息抓住我
这是夜间营业的书店特有的气息
随着疲惫的眼睛深深地眨动
明亮店堂里的事物格外醒目
你微笑着走开，像一个果断的决定
在快乐或吟游书店的二楼
在回忆中，我庆幸自己可以看得更清晰

2000 年 7 月—8 月

139

乌鸦的断章

一

乌鸦，在悉尼
是一道出人意料的
风景，它们喜欢惊扰一切
看起来与它们无关的事物
寂静的城市，像一只巨大透明的口袋
被海风吹得鼓胀，漏气的
宽阔街巷，偶尔有行人
擦过坚硬的路面，像提前掉落的秋叶
一只过路的猫，步速更慢
但汽车用刺耳的呼啸
通报文明的加速度
而乌鸦，这大自然的古老传媒
要发布它们对现实的评价，早晨
它们中的一两位冲进我的睡梦

高声提醒着异乡人的困境
它们饶舌的声调是否暗含着讥刺
或正提示着每天不可捉摸的命运
——梦中的美杜萨是否映在盾牌的铜镜？

二

我曾在悉尼秋天的清晨里凝神
友人邻家的狗吠，汽车的引擎
像一颗急躁的心
狂热地投入自己的紧张里
花园里两只追逐的猫，归于
早餐的细碎安静中
哦，乌鸦是否也曾谈论过这一切
用撕扯布片般的喉咙，它们的大嗓门
有着闹钟般的严峻，仿佛
用尽了全身心的气力，震动
明亮得发硬的空气，阳光发出
嗡嗡声，回声荡漾在澳洲大陆的鼓面
鸦声委婉，抖落时差和记忆错位的碎片

它们硕大的身躯，藏在树叶间
如同自杀者的丛林中探出的幽灵

三

乌鸦，在悉尼的天空中
曾经惊动过这位旅行者：我抬头时
枝叶显出欺骗者的镇定面孔：
忘记童年，忘记书本上
得来的知识吧，关于那些传说
石头也曾为之动容的歌手
到过这里，与它们照过面
如今，我那美杜萨式的头发被剪去
变成辛迪·奥康娜的影子
而我内在的声音，可曾嫁接到枝叶间
将一个自杀者可靠的记忆绑缚其上
它们悲愁的面孔是想象出来的
如果那动人的歌声打动过我
我也就是另一位奥尔弗斯
是石头的双重性，是沉重和空灵

四

乌鸦，在悉尼的天空，跨越着

太平洋无边的魔境，击穿

我此刻的梦想，它们的翅膀

必须承认，我能够记起

并可以用习惯解梦的手指画下来

在黎明的床单上，留下残梦的印痕

哦，当它们滑稽的影子斜刺里

扎向波涛，我相信，从前，一个少女

曾经拥有过的气力，也在飞翔中

积攒过石头的重量：我举起过它们

投射过它们，我用另一个名字

完成过自己的生命

而称之为使命的，铺展在

羽毛的层叠中，掩映着乌鸦的头形

2000 年 11 月—12 月

翼

有着旗帜的形状，但她们
从不沉迷于随风飘舞
她们的节拍器（谁的发明？）
似乎专门用来抗拒风的方向
显然，她们有自己隐秘的目标。
当她们长在我们躯体的暗处
（哦，去他的风车的张扬癖！）
她们要用有形的弧度，对称出
飞禽与走兽的差别
（天使和蝙蝠不包括于其中）
假如她们的意志发展成一项
事业，好像飞行也是
一种生活或维持生活的手段
她们会意识到平衡的必要
但所有的旗帜都不在乎

这一点；而风筝

安享于摇头摆尾的快乐。

当羽翼丰满，躯体就会感到

一种轻逸，如同正从内部

鼓起了一个球形的浮漂

因而，一条游鱼的羽翅

绝非退化的小摆设，它仅意味着

心的自由必须对称于水的流动

2000 年 6 月 7 日

童年的死（组诗）

唤起记忆即唤起责任。

——雅克·德里达

欠债者

他用告别的方式偿清了
他在尘世欠下的钱财　却把
借来的一根绳子　永久地拖欠
仿佛所有活人都成了债主
他们暗暗谴责他　一了百了
而一个初次目击了死亡的孩子
欠下对于人生不变的恐惧
死　并不可怕　它只是拉长了
一个人的身体　把他的影子

张贴在记忆中的土墙上

它还将一个老人在世时的声音

关在了墙缝中……她多次

从梦中惊醒　听到他的语音

对她唠叨天气　蜜蜂

和夏天的蚊虫　（孩子不懂得

厌烦）　虽然生活正以厌烦的加速度

到来　容颜易变 ——死去的老人

永不再老去　他身形修长

在梦中的路口　唤起她成长的热情

垂钓者

白天　老人来河边钓鱼

孩子坐在树下　惊异于

垂钓者从容不迫　担心鱼儿

无常的命运　老人的白天

就这样被孩子目睹　而他的

夜生活　她无从猜想

只晓得　远在一片竹林里

老人的小屋若隐若现　孩子从未

走进深绿的竹荫　但她

守候过老人　小河边　雨水天

斗笠下的白胡子 闪着银光

犹如鲫鱼的肚皮 鱼儿的命运

装在竹篓里　被他拎走

整个夏天　雨水和小河

顺着老人的身影流淌　树下

孩子的板凳陷到了土里　担心着

鱼儿水下的命运　她们来了又去

把鱼饵含在口中　又吐掉

有时候　她们中的一个

会侥幸地上钩　被老人带走

走上另外的命运　见人　谈话　微笑

有礼貌……孩子聆听老人的教诲

夏天不利于孩子成长　夏天的身体

暴露　蚊虫的热情　像鱼儿从水中

让老人领走　布满死亡烂臭味的夏天

离我们太近　某夜　竹林小屋

老人死于谋财害命

人们传言——太多的鬼魂追上了他

溺水者

夏天的孩子善于在田野

奔跑　跌倒　歌唱

女孩们上身裸露着　初尝

害羞滋味　而全身光光的

男孩们跳下小河　模仿着

小鱼儿的泳姿　激起水的欢跳

不知道危险在即　传说在上演

鬼差撑着木盆　漂行水上

彭祖的歌中唱道

　　　　我彭祖活了八百春

　　　　　没见过木盆水上撑

男孩们也唱　水花淹没歌词

彭祖唱罢　命丧黄泉

　　　　——他中了死神的计

男孩们唱罢　向女孩们抛掷水花

一个女孩在岸上垂下眼　水花

被太阳照亮　太夺目　太晕眩

她初尝失落滋味　嫉妒

风儿的舞蹈和水花的歌唱

而不露面的命运也做了如下安排

带着对河水的热爱死去的

却是那一个年轻好奇的女孩

灰喜鹊

她总是听见它们的谈话

她破译着　像传说中的公冶长

它们中的一个从远方归来

兴致勃勃　讲述它的历险

其他的伙伴们争着嚷嚷　相信或

怀疑　拖长着音调　无比轻蔑呀

讲述者的声音不再欢快　好像

被揭穿了底似的　或者是累了　啊

是不屑于　不屑于同无知者啰唆

而妈妈总是骂她　说话的担子

闭嘴吧　灰喜鹊

你个子小　也挑不动担子

而某一天　一只灰喜鹊

死在高大的槐树下　像是从

睡眠的窝巢中跌下

尖嘴闭得紧紧　而她

年龄太小　破译不了死的沉默

曾外祖母的预言

　　　　你将成长为一个厉害的角色
盲眼的老妪这样预言　因为瞎
使她能够穿越黑暗时空　看到
曾外孙女漆黑一团的未来
语言成了某种透明物　拭擦着
女孩幼年的肌肤　要她在内部淤积
足够的精力　来对照身外的世界
　　　而世界　就是你肌肤以外的一切
之和　侵入小女孩的毛孔
像露水从早晨的植物中探出
它们饱满的脑袋　关于爱　与黑暗
紧密相连　也与梦境中的恐惧
共同构成了身体的房屋
　　　你将远走他乡　从你的脚掌开始
她只能靠抚摸　才知道脚趾的间隙

遗留了通向未知死亡的距离

最后一次吃鱼　使她预见

游向天堂的溪流没有激浪

她枯萎的身躯将轻快如一片羽毛

　　追也追不上

谁能够在时光的折扇上　合上她

圆睁的灵魂　长在暗处的眼睛

曾祖母最后的夏天

曾祖母躺在 1969 年的夏天
蚊帐灰白　围裹世界　死神的
尖嘴比蚊虫快　追上她的呼吸
而血液的蒸发比水分更彻底
她的灵魂将浸泡在密集的汗水
铺展的棺盖上　而她的躯体早已
熟稔了死神的礼物　病痛像一张
请柬　　多年前就已递上

祖父的高大身影在窗口掠过
像一只不祥的夜鸟　偶尔
路过白天的厅堂　阳光的公开性
使他收缩着羽毛　他哑声
询问着午餐的柔软程度　仿佛疾病
要掺进儿子一服诚心的药剂
噢　　但愿阎王爷是个

健忘的赌友　我的褯裤

摆放在西厢房　曾祖母的呼吸

像一支微弱的催眠曲

梦中　一群灰鸦起落

一阵呻吟高低不平

预示着黄泉路可能的坎坷

好人一生平安　最后一声叹息

有如翅膀划过后　搅动起

灰尘　对于土地　它们早已适应

蛇

源于恐惧　杀戮超越了死亡
施加于我们心灵中的敬畏
像人们亵渎过鬼神
她杀死过一条毒蛇　这意味着
死亡通过她畏惧的双手
实现了威严的能动性　像一张
表情丰富的面孔　死亡
在一条蛇的躯壳上闪现
全部的美　好像它的存在
就是为了她逃避的勇气而生
为在一瞬间　尸体的信念博得
力量的同情　一条蛇的死亡
存活在记忆中　而传说中的复仇
以夜梦的形式曲折地展现
欲望号街车疾驰在黑暗中　城市的

脏空气搅动了睡眠中的房梁

草叶　沙滩和起劲挥动的头发

当它从梦的舞台上退场　白昼

将为她招魂　风提醒我　用嘴唇

1999 年 3 月—10 月

爱猫祭典，或我们的一年

——致齐齐和她的黄咪

首先，你是我们的同类吗？

——西尔维娅·普拉斯

一

当时钟费解的歌词，如一声
嘹亮的号子，割开
厚沉沉的黎明面纱
那抵挡光芒的暗红帘幕
黑夜的双脚，暂歇
在白昼的旅店门口。告诉我
你额角宽阔的命运的神
用亲切如蚊子的歌声
——那在话语中飞行，梦境里着陆

在你睡眠的枝叶间栖息
发出袖珍型的马达
鸣响的黄色婴儿，他离开了
多久？他抵达了哪里？

二

从墙壁到夜晚的旅途
学院生活像汉堡包的夹心
添加的养料，计算精确的热能
和着两个人琐细的生命
仿佛种子撒落在校园
一株众人遮阴避雨的大树下
又像北方的灰尘，散布在女生楼
隐秘的窗缝与朴实的书架
他就是一根德国产进口胶棒
横在我们中间。从未离开过的凝重
表情，黏固了尘土，养育着
我俩小房间里的绿色，和一个
被希望涂改的明天

三

唉，当掘墓人无知地搅醒
死者的睡梦，一个归家的孩子
把钥匙遗忘在空荡的屋子
她想象：他柔软的爪子
在木板门上，撞出
沉闷的回声，像童话中
助人为乐的精怪，在我们
想象的烦闷和愉快的祈祷中
像情节剧中的关键角色，衔接了
爱情：脱下皮毛，穿上人语
忙忙碌碌的精怪，该是由
伊塔洛·卡尔维诺委派而来？

四

这个小精灵散发传单般
将他动物的精气，张贴在

我们房间的空气中，四处飘动
将无私奉献的精神与占有欲
嫁接在他生命的存在主义
前提中。随后他那不屈的意志
隐蔽到一幅画像的背后，让我们
怀疑神秘，怀疑可靠的
唯物论，种植在学院派头脑
那从不失眠的日子——
她们曾经赞叹：是谁创造了你
难道也是母亲？

五

死亡，闻起来像一杯
桂花陈酒的死亡，使饮者
享受一次次青春的醉酒冲动
短暂记忆的缺失，像谎言逃遁
像呕吐找到萨特式的理由
也像时间的泡沫在冬天

找到显形的方式，在密布花纹

那危险的冰面上行走，我们

不被注目的胆怯提示着什么

又改变了什么？好像他正在冰下

而我们无时不在想象他：他活着

你不能总结他；他死去后

谁又能触及，一个动物的灵魂

以一次次目光的爱抚？

六

在梦中，他用迷雾般的神情

练习你温柔的未知数，夜晚的翅膀

贴近你申述的结论："爱动物

却永远不同情人类。"仿佛一场

有关精神肯定性的试探

到底存在于你生命城堡的

哪一条街道，白天里的叙事

遗漏了什么？夜晚的呼吸

又隐藏了什么？"有时候——
我们是谁？藏在他的背后"
他机灵的身体，奉献我们的心愿
他比我们更熟悉自己的身份
用一脸的严肃，花纹对称的面具下
遗传了单纯而好奇的眼睛

七

在房间对称的布局内，探讨
有关聚散的哲学，因为这
绳索捆绑的力量，帘幕遮挡的诱惑
黄昏慢慢踱近，借助它
衰弱的气力，说到死亡时刻
冰凉尸骨的气息在想象中，而陌生的
肢体接近存在的本质中最后的幻象
死亡，改变了我们对乐观
那红色光芒的炫惑，修正我们
即将完成的论文，不适当的

修辞：关于死，说得太多，又太含混
"如果死亡不能成为艺术品
那尸体值不值得保存？"

八

一年的漫长因他而生动，设想他
继续奔跑在幽秘的房间，老虎的黄金
会不会遭遇赛莉玛的不幸？
而当两条金鱼来这里落户
无知幸福地划动它们的双桨
整天操心生死存亡的问题
像一个王子捶打胸膛，像哲学系的
头颅遭遇午夜的饥饿，也像我们
失眠的夜晚，间隔着两个白天
哦，他早已夹在了我们中间
如一个婴儿，使春天的死亡
获得神秘的移情含义 ——
我们互为成长的图像，绝对对称
而究竟是谁，正改变着我们？

九

当词语的羽毛，被一个
伤心欲碎的孩子，从她的衾被
撕扯出来，那幻化的飞翔
又一次托起回忆的轻盈
以及默想的沉重。镜子的反面
一无所有，我们用目光互相求证
一道智力游戏算术题：
哦，在时间炉膛
那黯淡的青春废墟中，相信吧
凭着时尚的短发在微风中
以青草般的舞蹈，响应
爵士乐的节奏；凭着你
隐秘的牙痛燃起睡梦中的坍塌

十

夹在一年中的照片，使我们的
房间，成为这世界的模范相册

让我们自由地出入，与心爱的死亡

合影吧！梦与生活相互模仿

而谁和谁彼此打量？还记得吧

飞鸟用它掩蔽的肉体告诉过你

羽毛自己懂得飞行的原理

就像词语懂得烹饪一道

适合各人口味的菜，素食

也是佳肴；而这词语的锁链

却像一条鲜艳时髦的牛皮腰带，系紧

一些人谜底般的明天

用它最后一只秘密的眼孔

把生活的细腰缠在青春的藤蔓中

1998 年 3 月 1 日—3 月 12 日

张三先生乘坐中巴穿过本城

一

纵情的下午五点钟。目的地不明
在一生中时时遭遇他冷静反省
他一只脚探出，已经预先
了解到行程的代价：引领他的
是招手即停的想象自由
讨价还价的智力训练。而渡船费

交给吆喝者。一段需要想象充实的
道路，首先他需要寻找到身份认同
的座位。他"在路上"的事实无须交代
像流浪汉小说中的主人公
被群蚁讲述，被唾沫阅读
被印刷机织进文明和艺术史的网结

现在，放好他那标准牌手提箱
把目光移向窗外。视点的
移动代替梦想中的高倍变焦镜头
像一个画家渴望变成机器人
他也宁愿变成一架摄像机，在飞驰中
留下一片后表现主义的油彩擦痕

二

请想象一架机器的轻松心情
改头换面的死神挥舞着它
残缺的肢体，但每一部分
都能代表整体说话
是的，"如果只是倾听死亡
我的整个生命就不是生命

而是苦难"。怀着审慎的恐惧
他回到人们中间：利客隆的二楼
像一只疲惫的消化不良的胃

正向着对面的双安商场那一对

巨幅民间剪纸式的孩童发出

被汽车喇叭篡改的断断续续的嘟哝

过街天桥僵瘦的犬腹下

道路被分割成等级制的现代平装本

书籍，打开后可供永恒的蓝衣上帝

阅读、分析，重新制定一整套关于

人类行为道德的十诫。他想象

他是以但丁进入丛林的心情踏上了中巴

三

"我们自身就成了正在被书写的诗行……"

这段道路就是例证，找不到任何

可以设想为叙事的情节成分

中巴式的抒情节奏不适合单独面对

后工业时代的大众。他忍受临时性

停车的分行就像忍受激情的放纵

太平庄、农林局、马甸和静安庄
都市中的蚊子或文字飞舞在
噪音的众声喧哗之间；而这丝毫
也不妨碍他使得周围的女性
承受被看的复杂体验。他，张三先生
一个面貌普通的男人的天赋人权

"她们中间谁最热衷于购物，仟村百货
英斯泰克还是燕莎商城？"只能从
衣着上猜想……他家有贤妻，对于
女士们的爱好算是有经验，她们中的一位
爱上叛徒余永泽，就为他的被捕
出自一个与贪吃有关的贤妻的爱好

四

一包猪肝与党的机要，爱情或革命事业
在他阅读过的书籍中构造着对立
他无暇自我争论的问题正被轮流更替

的乘客隐喻着："想上的上来了
到了地儿的就该言语一声"——历史真谛
就在对于日常语言的过度诠释中

而为什么他得是个身份明确的角色
写作者对他什么也不想演绎，也做不到
他从手提箱里拿出计算器，算一算
他最近的一笔生意能挣多少
他年轻有为，坐在中巴里也顶多
是个准中产阶级的暴发户？

"面包会有的，一切都会有的"。他赞赏
他夹着万宝路的食指和中指分别代表的
两个国际性的文化雅号：操！胜利在望！而他
把自己准确地定位在香烟的位置
"我正在被我自己的火焰燃尽
并被我自己的烟雾缭绕"

五

"她在一朵云下离开了家"
现在他不能不回忆起他的一个旧情人
这种无聊的时候还能不滋生
后殖民心态的复杂欲望：二等兵王二
不失时机地提醒他往事如烟的愤懑
她如今在地球的另一端扮作情人

幸运的是那时候他们还算认真，而从
某种意义上讲，认真即真诚
一切都已出演了一遍：浪漫、嫉妒
自怜、仇视、乞求、放弃乃至无所谓
由动词和形容词操纵感情世界
成为他们最典型的青春期论文关键词

不过总还是肉体的召唤先于存在
的哲思；现象学的终极命题不及一次
想象中的快感所抵达的彼岸。过犹不及
她的形象却已模糊了，只好借助

一些概念化的图像升华：一个女人不就是
所有的女人？而他是他自己吗？

六

他在具体的风中品尝抽象的雨水
"如果海洋注定要决堤，就让
所有的苦水都注入我心中"
一瞬间他仿佛看见自己手执长矛，冲锋陷阵
骛辛难得晃动着惊人的速度，以终结者
怒吼的错觉，掠过路边的小旅馆和大排档

伸展"我们的睡眠，我们的饥饿"。它拐弯
驰入上帝戒律的法外情，公民规章的试验田
彩灯缠绕树枝，与公益广告牌一同
列队守卫国家的重大节日。"与我相关的世界啊！"
而谁将从他衣冠楚楚的品牌中辨认出
古典的整体性世界观？俄底修斯终将回家

年老、死亡，在一首场景式诗歌中

张三先生从农展馆下车，倒车跳上另一辆中巴

半小时后，鸡窝头的老婆会打开防盗门

迎接他——天色早已昏暗，城市丛林灯红酒绿

下一首诗将记载他遭遇靡菲斯特，而此刻

摆脱路口那三色灯的瞪视，他随我步入夜色

1997 年 9 月 15 日—10 月 1 日

影片精读（十四行组诗选）
——致戴锦华教授

基耶斯洛夫斯基：《蓝白红三部曲之蓝》

忧郁的自由被写在国旗上，风中的轻盈
降落在旋律的戛然处。啊，生活的沉重
突如其来的抽象瞬间，请用空白、黑暗
用蓝色……刻画她眼中如此慑人的惊恐

安娜，快点！我倾听母亲这唯一的呼唤
又一个目击者，潜入她催命般的预感中
谁能给音乐自由、给背叛的爱情以遗嘱
谁又能给死亡以真相大白的陈述权力？

母亲、妻子、情人以及你，演员比诺什
从那方形的银屏出出入入，往何处去？
用合唱维护死亡的清白和记忆的虚假吧

现在，故事圆满收场。更高的精神平复了
可能的纠葛与层出的烦扰。也许是你
导演先生，告诉我银屏不过是一面镜子

基耶斯洛夫斯基：《情诫》

爱情中的少年隐蔽在一架望远镜的弹孔
他射向黑夜的执拗被什么改变？当哭泣
失去了声音的伴奏，一切成为需要想象
的距离。啊，观看中的距离，我赞美你

我质疑你。就像窗口代表敞开，而黑夜
暗示忍耐的时间限度。可是所有故事都
需要白昼舒展她那诱惑的肢体，呈现于
观看者忐忑不安的神情中。我终未离去

正如我从那自虐的刀伤中认识了一双手
从那剪辑了的结尾看到自己观看自己的
温情和无奈。爱情中的女子找回她自己

而窥视者的勇气个是面对他的行为真相

相反，伤痕、记忆和时间的惩罚捆束他

最后，我看清一双眼蝉蜕般从屏幕淡出

费穆：《小城之春》

黑白片时代的故事盛产怀旧的感伤泡沫
掉了磁的胶片更带来些许不现实的味道
久别重逢、意外的巧合，哦，尴尬处境
的线头。这使你变得游刃有余。穿行于

断壁残垣的家园，病体的隐喻缠绕祖国
而他们不相信这种颓唐的安排，电影史
书写着：格调不够昂扬，情绪不是主流
秋天的史册打开了它埋葬旧时代的一页

而追怀往事的声音存在，她边说边走来
走进一个封闭的家庭的衰败里，并在那
空无一人的城墙演习爱情悲欢。以醉酒

吐露真心，又以那新被发掘的深情平衡

未来的岁月。生老病死，爱情并非一切

我看见，那窈窕端庄的女主角登高望远

里维特：《核桃美女》
——又译《吵闹的女人》

"核桃"与"吵闹"，一静一动，给予年轻的女性亦庄亦谐的命名。咳，男人与女人，时间中的无情和多情，青春的慑人武器，成功地达到预言永恒的高度

但是，色彩并非永恒，倒是那场征战被艺术地绘画出惊人的深刻。记住，不是成长的丰收教育了下一代，相反，是那生活的无数死亡、衰落命名了远大希望

观看焦虑达到受虐的幸福时刻，也观看欲望达到节制美德显现的瞬间。向变得沉默的挑战者挑剔青春和激情的鱼刺吧

或者向衰老投掷绝望的花朵，逃离色彩

和墙壁的镜中像，应该凝视透明的玻璃
镜子，直到生存的假象现出她的峥嵘貌

简·坎皮恩：《钢琴课》

当这个女子开口讲述她奇妙的爱情经历
她那被开发的激情连同她所到过的土地
一起获得了最新的理论证明高度。就像
夜莺们歌唱着不被听懂的新词：后殖民？！

在观看的眼神齐声呼唤快乐到来的时代
她在海水宁静的体内开放成生机勃勃的
玫瑰花。谁会再去指责波涛的无情以及
音乐可能代替哑巴说假话的日日夜夜呢？

土地与女人，风景中最具表达力的象征
当她失去一根指头，在泥泞中身形颠颤
我感到她将和那片大地一同毁灭，并且

跻身俾特丽采众姐妹的行列；而当她从

绳索的圈套中撤退，裸足走进她讲述着
的故事世界，我开始怀疑起天堂的幻象

斯科特·希克斯：《钢琴师》

有如神助，你分担着一只猫的一条生命
有如神助，你把音乐从强权的父亲那里
继承，成长为摆脱不了这压抑命运的人
拉赫马尼诺夫，他这位音乐中最高的父

创造儿子们苦恼的巅峰。谁把他们引领？
遗产乃害人之物，如果不仅仅消费它们
而把"我必定会赢"注入后代人的胸中
现在，没有谁能夺取这个孩子的成功，

哪怕他自己。土星当道，无能为力者是
母亲，前来营救者也是母亲，有如神助
他的后半生消磨在絮叨的自我指认中……

这絮叨的声音代表了一种回答：不相信

而当他的手指触到琴键，又是说：相信
关于一只猫的一生我们又能知道些什么

1997 年 7 月—8 月

辑三

刚刚诞生的一个
词

词的世界

眼睛睁开前，声音充满

声音尚未启程，意识聚集

如此繁忙，如昆虫劳作

一群蚂蚁音符，一阵蜜蜂音节

在墙根和花茎的早晨

泥土松开了春天的发带

昨夜的梦魇过后

大地空寂，屋宇孤单

你在其中微微抖动

像是刚刚诞生的一个词

2013 年 10 月 31 日

鸟　窝

它们在结实的木梁上、瓦缝里与枝桠间藏着
用细密的草秆或经过挑选的黏土制作
——我还是不敢造访，因为说不定
一条蛇已抢先占领，正等着我
并非无辜的手，不能凝结的
呼吸，以及尚且矜持的冒险之心

2013 年 10 月 21 日

童年的梦

一个孩子梦见自己

拉开高过头顶的门闩

潮湿的暗夜使劲儿挤进来

裹在夜深的怀抱

她安稳得像能够弹起

蚯蚓般的小路边

露珠咕哝着青蛙的问候

薄雾伸开手掌

萤火虫攀上指尖

葛藤拉住她的脚踝

她终于还是来到了桃树下

照小河的镜子

2013 年 10 月 17 日

致——

你好，女士！

终于，可以借着爱找到自己

然后，又于犹豫中亲手掐灭这团火苗

——是时间正威严地管教人类

大地上，隆起又深陷的

是神在自己的苛刻中铺展眠床

你来了，带着永恒的愿望

你将离开，撇下无端的绝对

在你我之间绽放的花朵

提示着古老的训诫：

神需要借助一支笔，一双手，一个声音

把她的本质刻画成你

忽隐忽现的美

2010 年 9 月 23 日

散　步

花园被孩子们占领
他们在打雪仗，口中
不忘报道：歼灭敌军一名
妈妈喘着气，庆贺着胜利
接着却说："我玩不动了。"

绕着小区花园散步，偶尔会遇到
三两名女生，谈论着班级故事
另一对更神秘，仿佛怕旁人偷听

周末，多么清闲！如果可能
请出来散散步，讲故事，编个谎
把雪球砸到妈妈的衣领里
欢呼胜利，但也要尽快把它忘记

2003 年 11 月 10 日

遗忘从来都不是灵丹妙药

生活不应该是游戏，至少不完全是

虽然，部分带有游戏性

要是你愿意，也可以

为它设计一个程序

使一切看起来轻松

并吊人胃口……生活仍然

不完全是游戏，一个形式

限定了它，就好像画像之外

有一个画框，尽管那是

为了更加美观或便利而加上去的

它有时甚至貌似必要

仿佛生活的边界

使人产生买椟还珠的念头

但你总不能说，画框就是画

它至多可以被设想为

画框决定了画

我们的选择也一样

2003 年 8 月 24 日

恐怖片

一对情侣，驾车旅游
女人说她昨夜梦见末日
是一颗金蛋，她被困其中
于是，车子开进了隧道
没了汽油，抛锚在黑暗中
男人丢下妻子去找汽油
女人突然歇斯底里
她和梦重逢了
男人笑了：他从女人的尖叫中
遭遇了爱情，以及其中的恐怖
后面的故事才是主要的
但我不想继续描述
因为我意识到，对于我
电影的恐怖，在此刻
只是如下一些词语——

爱、尖叫、远行和消失

梦、微笑、声音和死亡

2002 年

谈心

—— 给 L

电话里一个陌生的女声
说："……暂时无法接通，请稍后
再拨"，放下听筒
担心有人插进这稍后当中
谁能告诉我，稍后的长度
是否可以用房间里的步子丈量？

信号不稳定，还是内心？
曾经取笑过一个信赖我的人
她把爱情量化为精确的数据
告诉我：什么是不完美
而今我也堕入其中
相信这张网疏而不漏；我也曾
保存我们的交谈，温习
你的声音，好像未来

一张严峻的试卷正在等我

"我还从来没有考砸过……"
既然如此，亲爱的
为什么我们还争论不休
为了一个小问题：——如何谈心
——又何须谈，既然心已相许？

2002 年 10 月

孤独是醇酒

孤独是醇酒，来，让我们举杯
它是正宗的二锅头
还是假冒伪劣的老白干
需要分辨，需要品味
喝高了，孤独就会变质
创造就如同搀进虚假与蛊惑的水

我像需要美酒那样，需要孤独
和它相比，我甚至不需要爱
不需要你，因为这后两者
都已生长在我自己之内
而孤独就曾是它们的种子

我是我自己的根，从这里
种子发芽，据说

父母之爱就如土壤

而更高的爱，比这

又能高出几分？山峰

把影子投在了地上

我是我自己的根，从这里

阳光制造了阴影和成长

2002 年 3 月 25 日

海

海，大海，或海洋
枝叶茂密的浪尖
茫无边际的宽广
装在一颗具体的心中
跳动的节拍吻合波涛
它有时接近大而无当的梦幻
有时又使近在眼前的水面
鼓荡着深度神秘的召唤
是啊，它空旷的声音奇妙地
收集着中间的风和大气
无人无物，天水之间
这景色接近一本打开的书
排列着长长的诗行，每一页
没有插图，也没有注释
它的结尾暗示另一首诗的开始

2002 年 1 月 3 日

风景画的暗部（组诗）

第六感

走廊的尽头，黑暗晃动着
那是心情的图像，一团阴影
也会伸缩，一束光巧妙地游走
声音，发自水龙头深深的喉管
仿佛地心的叹息，呼应夜空中陨星的旅途
但谁会相信这是最高的默契，心灵的止境？
——白日梦被迫撤离，丢盔卸甲
在一次次回味的碎片中——
你的眼神，即使曾经光彩照人
也要从瞳孔里淡出了
就好像窗外的天空是一块银屏
凸现着群星的雀斑
哦，我眼中喧闹的夏夜，孤单闪亮

春　寒

琴声在我耳聋时响起，那轻灵的
抚触，撩拨，曾使音乐的步伐
停歇在我们出发的一瞬
露水，爱神，夜晚垂向我的脖颈
我的下颌尽力上翘，要够到
那难以企及的一击，而琴弦
恰在此时崩断，当腰肢在抚摩中
迎向你的热力——哦，我也曾目睹
命运的威严，残忍，爱的易逝性
……母亲教会我什么，身穿围裙的
母亲？在厨房忙碌，从我记事时起
她就与父亲分居，每一夜
秘密、安然，酗酒的父亲打着鼾
从另一间屋，足以惊动
整个村庄的睡眠……当他们的女儿

在一个春夜醒来，三十岁
一个男子睡在她的臂弯，这一刻
仿佛寒冷、记忆与梦想的重量之和

真实的陷阱

具有无与伦比的开放性
边沿随时可以伸展或收缩
像过度诠释中的梦，每次
我们的争论都追求自圆其说
而真实，本身不愿被言说

从前，我们生活在手工
编织的世界里，用两股毛线
而冒险的代价，是拆掉
那已编就的紧身毛衣，少女时代
我也曾将爱情与一件毛衣画上等号

不愿相信那是一句虚伪的祝词，一件易毁的礼物

英俊的石膏像

熄灯后，我睁着失眠的眼
一片模糊发白，你的轮廓
第一次闪亮在午夜的静寂中
这是将远方折进心怀的年龄与夜
一尊石膏胸像闪亮在孤独中
当我试图记起你的长相
你年轻、英俊，神话中人
你的神态？你的目光？你的
嘴唇，鼻翼与鬓角？
——但我偏偏
怎么也不能勾画出你的轮廓
想象力的笔触模糊又胆怯
我吃惊于每天生活在这间屋里
每个夜晚与爱人躺在
离你不足五米之外，哦

你一直在一旁静观

我们的日常起居，而我竟毫无知觉

甚至忘了你的表情

终于，我扭开床头灯，使你暴露

在我午夜的凝视里

我看见：你的头扭向一边

你的侧面，鼻梁挺直，眼窝深陷

微微张开的唇形

仿佛在一惊中，呼出了某一个词

隔　着

我和这世界隔着一层

于是，我就和生活隔着两层

我和你隔着一层

这样，我就和他隔着三层

像有一层层石板铺展在中间

一首诗和它的读者

有着泥土和脚踵间的隔膜

隔着词的鞋底，陌生的心

互相叩问：你是男人

而我，女儿身。我已听到

你没有说出的话：写作、快乐

或其他，女人该有自己

可做的事，当她开始思考

譬如说哲学，那一刻，她失了性别

但也不像个男人，她做不到

哦，亲爱的哲学家，他说
女人是天生的诗（人），就如天使
是神仙，而在天使和女人之间
隔着一双翅膀，像叔本华愤怒的眉毛

错 失

用它来概括我的内心生活
无比恰当，但用它来描述回忆
却不够精确。对于叙事艺术
它几乎是真谛，而诗人
则宁肯视之为对手

谁会将它作为礼物
谁只配做自己的情人
据说玫瑰，就像魔鬼
在汉语中不具备原创的资格
而爱情也就等于着了魔

我的爱情
像是一种童年创伤
母亲的责罚有可能造成了

我的自闭，像早夭的花蕾

现在，我胆敢对你说："爱等于无情"？

无　题

通往春天的路，据说就在你的脚下

好像它自己跑过来，恳求你的鞋帮

沾上些泥土和青草的绿汁

滋着绿芽的国槐，正积攒着内力

压迫你的影子；浑身长眼的白杨树目送你

催你出行：时光难再，青春易逝

而爆竹声也曾像沸腾的茶水

使我们相恋的身体如同一只暖壶

2000 年 7 月—2001 年 3 月

闪　避

盛情邀请，有时候就像
投掷一枚枚石子，从接受者的
角度看，它的危险性
有如被击中后，一阵
刺痛，扰乱隐秘的皮下组织
或绷紧的神经末梢，暴露人类
心灵的完整性，那脆弱的另一面
因此，我们本能地闪避着——

也像躲开了几回袭击，最后
我决定放弃这种紧张的身体
动作，作为交往行为中
仪表欠佳的证据
从这一意义上讲，我视文雅
为拘谨的西餐仪式，而美味的

冰淇淋加正午时分
生活的胃口将包办消化。

我准备好接受
这一次的邀请，并且知道
想象的危险早已转移：不断地闪避
使我的身体完成了
一些超常的事情，泄露了
灵魂，这身体的寄居蟹
致命的要害：沿着手势画出的
虚拟拱桥而上，她的嘴角
升起彩虹的幻象，只一瞬间
眼睫毛的栅栏门被推开——

就好像身体本是一座单门独院
我们已办妥了暂住证
也可以说，我们都是
各自心灵的外省人，暂居
在对方的城市……如此说来
"我们的交流越来越

深入"，那称之为精神的神
将定期显灵，恰如有一个机关
安装在躯体这块活动的院墙上

2000 年 1 月 8 日

坍　塌

像我们城市中最热烈的风景
一阵烟雾，暂时迷乱了人们的视野
有样东西随即变成一堆无用
或难以找寻。她就在我的身边
可以用手指，也许该加上嘴唇
触摸或试探……现在，她改用倒叙法
插入法，考验我的叙事才能或爱的
附加能力、身体的兼容性
以及通过词语改写性别早已编就的
百科全书。长久的谈话哑涩了喉咙
即使换用矿泉水——来自隐秘的地底
也难熨平起皱的记忆：爱情曾附丽其上。
真的，从未想过用金钱、权力和鸡毛
建筑我们的巢穴，而这坍塌了
一地的又是什么？又会是什么？

1999 年 9 月 6 日

仪表，兼作本体论沉思
——赠张宇凌

一

像一只坛子所透露的内在

气息，她一定在心中珍藏着什么

不然，一个完整的身体不会

如此坚实而又略显矜持

她打开任何一样东西，包括她

自己的苦恼时，显示了有所保留的

空间，细致得如同构造

精密的仪表，相对于整个科学

所具有的重要意义，诗歌

有时候就像一场成功的火箭发射

那些具体操作着彩色按钮的人，或许

仅仅通晓某台机器的功能……还不包括

她已经显示出来的：她的头部

稳定得如同一个未经探险的星球
从地球人的立场看，充满了启示
她日臻完善，只是，诗歌会更精确

二

不，她不懂得生活的哲学
有时候需要一个人
像卡在罗窝中的钢珠
上足了油之后，在润滑中
需要保持自己的坚硬形象
她也不懂得爱情，只有那些
走钢丝似的危险念头
才能赢得丰富的生活，甜蜜的
体液酿成的美酒……她常醉
——因为她总是用健忘作为子弹
开始她下一轮冒险的轮盘赌
让爱神成为一个措手不及的对手

三

不断掘进的回忆，把遗忘错当成

一把用来对付鱼鳞的刀片

陷在悔恨的池塘里，就像陷入

一声长叹——"逝者如斯夫？"

卫星城规划中的建筑工地

按照星空的比例尺分布着

从她的门前，通向都城的心脏

如同行兵布阵的新战法

地图册上的车站，仅供

想象的站牌、古迹和商业街。

一个旅游者的心迹如下：

她将用双腿丈量我们地球的

腰身，包括一块污水洼

它的天空有着黑亮的背景

如果说它像一只眼睛

那是因为有人找到了她的倒影

1999 年 3 月 12 日—8 月 15 日